Mil sentimientos en una ilusión

Odilón Adán

Primera Edición uno4cinco, 2024
Edición: Cesar Jordán.
ISBN: 978-607-59561-3-8

Gracias a la vida que es siempre maravillosa, cuando se manifiesta en torrenciales de emocion, que nos ponen la piel chinita.

Gracias a mi familia. A mis hijos hermanos y sobre todo a mis padres que ya cumplieron su ciclo de vida terrenal.

A mí hermana Inés que en su partida de este plano le dedique esta obra.

Gracias a mi hermano Beni, por la veces que pregunto sobre lo que escribía.

A mis amigos y a ti querido lector. Muchas gracias por hacer este mundo más bonito, con tu tiempo para leer.

A César Jordán que actualmente ya es mi amigo, por apoyarme con el diseño de portada y la corrección de estilo.

Muchas gracias a todos los que tuvieron que influir en mi para lograr este proyecto personal de publicar esta novela.

Muchas gracias

Índice

Introducción	7
Tu dulce voz	9
Expedición	14
Sismo de 1999	22
El amor huele a paraíso	27
Huellas en nuestra historia	34
Viaje familiar	47
Tus ojos dejaron de verme	65
Reencuentro	121

Introducción

El amor es un sentimiento que surge de la nada en la medida que nos desarrollamos. Todo comienza con una mirada sutil, un suspiro que es como muisca celestial que vibra con intención de enloquecer nuestra alma. El amor es irresistible a los sentidos. Sales a la calle y no te das cuenta cuando te atrapa una mirada coqueta, o una mirada tierna que te vuelve loco.

Somos como las nubes que se deslizan por el cielo infinito, creando formas y figuras al son del viento que sopla, dejándose llevar por el transcurso del día.

Como seres humanos tenemos la capacidad de enamorar y de enamorarnos, de sentir emociones que tienen un final, a veces feliz, otras triste, y que duran por un tiempo largo o por uno muy corto. A veces no sabemos si los besos van a durar para siempre. De hecho, si no hiciéramos esa pregunta, tal vez amaríamos sin la ansiedad de convertir en eterno lo que nació para terminarse.

Hay besos que se repiten por varios años o meses, hay besos que solo se dan una vez, y caricias que duran apenas por unos días. No sabemos cuántos besos nos tocaran de cuantas personas, tampoco cuantas manos nos acariciaran; aunque nos aferramos a eso, de pronto nos damos cuenta que alguien más también está esperando nuestros labios. Y así todos vamos rompiendo amores en este río interminable de cariño incesante.

Tu dulce voz

En el centro de la ciudad se llevaba a cabo una marcha por la paz. Las calles principales estaban cerradas y, en las calles aledañas, el tráfico se encontraba a reventar. Entre la multitud caminaba Marcos, quien se había unido a la manifestación pacífica. Él era un chico de 1,70 de estatura, de apenas 22 años y un cuerpo esbelto. Alegre, simpático y muy carismático; platicaba aquel día con sus amigos en el parque, cuando pasó la marcha por la paz y, al ver a la multitud, invitó a sus amigos a unirse a la marcha.

—Chicos, ¿qué les parece si nos unimos a la marcha? Sirve que hacemos plática con las chicas y chance hasta conocemos al amor de mi vida.

—Tú siempre quieres conocer al amor de tu vida —dijo uno de sus amigos.

—Solo estoy bromeando con eso, pero vengan, vamos.

Caminaron a paso lento internándose en la marcha, la mayoría de la gente iba vestida con playeras blancas. Marcos llevaba una playera color negra, era de los pocos chicos que no estaba en sintonía con la vestimenta. Avanzaron unas tres cuadras muy felices, cuando de pronto una voz dulce y muy femenina le dijo.

—Nos das permiso pasar por favor.

—Claro —dijo Marcos con una gran sonrisa en el rostro —pero cuál es la prisa si todos vamos a un mismo lugar. ¿O van a otro lugar ustedes?

—Claro que no tonto, solo que parece que tú vas de luto —contesto la chica que pidió el permiso. Ella era una joven de solo 16 años de edad; se llamaba Azucena, era de piel blanca y medía aproximadamente 1.55 de estatura, un poco tímida y reservada, pero muy risueña.

—Para qué me dices tonto, ahora voy a caminar junto a ustedes, aunque parezca que voy de luto.

—Pues es que venimos a una marcha por la paz, no por la muerte.

—Tú tranquila que es lo mismo, lo que cuenta es que estamos unidos tú y yo en esta marcha —respondió Marcos con voz suave.

—Y ahora, ¿por qué tú y yo?, si ni te conozco.

—Desde hace unos segundos ya me conoces. Pero, por cierto, me llamo Marcos —siguió el joven extendiendo la mano con cordialidad.

—Yo soy Azucena —contestó la chica recibiendo con agrado el saludó—, pero me puedes decir Zuu… aunque parezcas tontito con esa playera negra.

—Pues tú pareces un Ángel vestida así de blanco.

—Aja sí, cómo no —replicó la joven con una sonrisa.

—Mira, traigo un chicle de cuatro pastillas te convido dos pastillas y dos para mí.

—¡Ah no!, a mí me das las cuatro pastillas o nada. —En eso, Zuu le arrebató el paquetito de chicles que tenía en las manos. En pocos minutos los dos ya se tenían mucha confianza y se veían muy contentos.

—Ahora yo te convido dos pastillas de mi chicle.

—Más bien me convidas del chicle que te di.

—No me lo diste te lo quité. —Las risas aumentaron y eran de oreja a oreja, pareciera que lo que en broma dijo Marcos sobre el amor de su vida, se estaba haciendo real.

Pasaban justo por el centro histórico de aquella gran ciudad; por instantes se olvidaban que estaban en una marcha, cada vez que los minutos y los segundos pasaban, se conocían más. Los dos se cayeron bien, se gustaron; algo así como si en sus vidas pasadas dejaran algo pendiente para reencontrarse en esta.

Había pasado cerca de una hora cuando por fin llegaron a la plaza pública donde culminó la marcha, después de un breve discurso y el agradecimiento por tantos voluntarios, la gente comenzó a retirarse, entre ellos Marcos y Azucena que ahora ya eran amigos. A todas luces se les veía que se caían muy bien.

—Vamos a tomarnos una foto —dijo Marcos.

—¿Aunque traigas tu playera de luto?

—Si no quieres, pues no —contestó el joven, herido.

—Estoy bromeando, claro que sí. No aguantas nada, no te gusta bromear —añadió Zuu.

—Yo igual estoy bromeando.

Se tomaron varias fotos, Marcos llevaba una cámara kodak, ya que los celulares todavía no eran muy comunes. Después de tomarse varías fotos charlaron un rato para luego despedirse. La tarde era espectacular, el sol ya comenzaba a ocultarse en aquella hermosa ciudad; los pájaros se posaban sobre las ramas de los árboles del parque donde Marcos se despidió de Zuu.

Sin duda, aquel día fue uno de los mejores para Marcos y por supuesto que también para Zuu; ella, a sus dieciséis años, aún no había tenido novio pues era una chica muy tranquila A Marcos, por el contrario, le pasó por la mente ser su novio, estaba sorprendido por la manera en que se habían conocido.

Pasaron ocho días cuando escuchó en la radio que habría una salida para un día de campo el próximo domingo. Los interesados tendrían que comunicarse a cabina, los organizadores eran el mismo grupo que convocó a la marcha por la paz.

Al escuchar el anuncio, Marcos supuso que Azucena estaría en esa excursión, así que sin dudarlo marcó el número de teléfono que había escuchado en la radio. Una vez que le dieron todos los pormenores del viaje, se organizó para el siguiente domingo estar listo para la gran aventura. Los días se le hacían eternos, a pesar que solo eran ocho los que tuvo que esperar para volver a ver a Zuu, estaba impaciente y emocionado.

En ese tiempo no había muchas formas de comunicarse; la más fácil era saber la dirección de la persona para que se le pudiera visitar, pero Marcos no había pedido la dirección y tampoco el correo electrónico, lo único que restaba era esperar. Por supuesto corría el riesgo que Zuu no estuviera en ese campamento, pero Marcos no quería pensar en eso, de alguna manera estaba seguro que ella estaría ahí.

Los días pasaban lentamente, los segundos parecían tardarse más de lo normal, siete puestas de sol que sin duda lucían igual que las demás, pero para Marcos eran de suspiros. Sin duda se estaba enamorando sin saber si sería correspondido.

Expedición

Eran las siete de la mañana, en un parque, el autobús muy puntual, esperaba para llevar a los excursionistas; solo se veía a unas cuantas personas corriendo con sus mascotas. El chofer abrió la cajuela del autobús y se puso a checar el motor para cerciorarse que todo estuviera bien. El autobús era de color verde limón, tenía asientos cómodos y un televisor que estaba justo a un costado del conductor.

Un grupo de jóvenes llegó a las 7,30, se dirigieron con el conductor para saludarlo, después subieron al vehículo y se sentaron a esperar a la demás gente. Poco a poco fueron llegando más jóvenes, algunos se fueron acomodando, otros más se paseaban en el parque haciendo plática entre ellos y otros compraban en las tiendas algunos bocadillos para el caminó.

Solo faltaban cinco minutos para las ocho de la mañana cuando llegó Marcos cargando una mochila color negra, llevaba pantalón de mezclilla color azul, playera amarilla y una gorra blanca. Saludó algunos de sus amigos y a otros más que conoció en la marcha por la paz. Enseguida volteó disimuladamente para todos lados tratando de ver si estaba Zuu, pero no la vio por ningún lado.

Ya faltaban diez minutos para las nueve de la mañana cuando el organizador les dijo que ya era hora de partir. Todos comenzaron a subirse al autobús; Marcos solo tenía la esperanza de que ahí estuviera Zuu, pero no estaba. Se sentó desanimado, creyó que se había equivocado al suponer que ella iría a este campamento.

Colocó su mochila entre sus piernas, vio por la ventana y solo logró ver a la gente pasearse en el parque. Los nervios y la impaciencia aumentaron cuando arrancó el autobús. Qué nervios y qué impaciencia cuando el conductor accionó la palanca para meter velocidad, los segundos se agotaron, en definitiva, el autobús comenzó a moverse, Marcos se tocó la cabeza como mostrando desesperación, sus ojos mostraban decepción.

Llegaron a la primera esquina y el conductor giró el volante a su derecha, tendría ahora que acelerar porque estaba ya en la calle que daba a la salida de la ciudad. Marcos quería inventar una excusa para ya no ir, porque no le encontraba más sentido al acampar, porque su finalidad era estar con la chica que le había robado sus suspiros.

Avanzaron unas seis cuadras a una velocidad considerable, sin embargo, justo antes de llegar a la salida de la Ciudad, el autobús bajó la velocidad. Marcos no sospechó por ningún motivó porqué lo hacía; de pronto, el conductor abrió la puerta y escuchó una voz femenina que decía.

—Gracias.

El corazón se le aceleró cuando vio a Zuu subir, estaba a punto de pararse y decirle que le daba su asiento cuando una de sus amigas se le adelantó.

—Te aparté tu asiento aquí junto a mí.

La emoción fue más intensa cuando Zuu lo saludó moviendo la palma de su mano, estaban a escasos ocho asientos de distancia, la sonrisa de ambos se veía completamente lúcida aún sin haberse dicho nada sobre sus sentimientos, los dos sabían lo que sentían.

El autobús ya iba a unos ochenta kilómetros por hora, porque el recorrido lo ameritaba, tenían que estar en el lugar del campamento a las once de la mañana. Los sembradíos de maíz, jitomate y alfalfa realmente lucían espectaculares, al menos para Zuu y para Marcos. A veces solo cuando estamos enamorados vemos la belleza de la naturaleza.

Pasaron más de una hora y media cuando por fin llegaron a un rancho muy bonito donde acamparían, para entrar tenían que bajar una pendiente. El conductor estacionó el autobús bajo la sombra de un árbol gigante, a unos cuantos metros había un pastizal meticulosamente podado, las palmeras se mecían al son del aire. En un costado de aquel rancho se hallaban dos albercas grandes, el agua cristalina incitaba a meterse a nadar, el calor ya era muy intenso.

Los chicos y las chicas descendieron del autobús con sus mochilas cargando, el que organizaba dicha expedición dio algunas instrucciones a todos y les dijo que aprovecharan su estancia. Así, después de darles el breve itinerario para las actividades tanto de juegos como de comida y el tiempo libre para meterse a nadar, comenzaron a ponerse cómodos, cada quien, con su grupo de amigos. Marcos por su parte se acercó a Zuu y le dijo:

—Hola Zuu, creí que no vendrías.

—Hola Marcos, es que anoche me quedé en casa de mi tía que vive justo allá donde me subí, entonces le pedí a mi amiga que le dijera el conductor que por favor me recogieran allá.

—Sí, entiendo.

—Oye Marcos qué bueno que viniste, de verdad me da gustó volverte a ver.

—A mí también me da gusto que hayas venido.

Durante todas las actividades que se hicieron en el campamento Marcos y Zuu se la pasaron juntos, los juegos, las dinámicas y hasta en la comida. Después de pasar unas tres horas, llegó el momento de que cada quien hiciera lo que quisiera, esto incluía meterse a nadar a las albercas y pasear por el rancho que en verdad era muy grande.

Algunas parejas de novios decidieron rentar caballos y cabalgar un rato, otros más se sentaron bajo los árboles a disfrutar de la sombra. Marcos y Zuu, junto a otros chicos se metieron a las albercas. Marcos y Zuu se sentaron en los escalones de la piscina con las piernas metidas en el agua. El agua les daba una sensación agradable porque el calor era muy intenso.

Marcos estaba ideando la forma para declararle su amor a Zuu, curiosamente no sabía por dónde rayos empezar, solo la miraba y ella a su vez le correspondía. Quería empujarla al agua o hacer algo que la hiciera reír, pero no le salía nada, por lo que, sin pensarlo, le dijo:

—Zuu.

—Sí, dime.

—Desde que te vi me gustaste.

—¿Qué crees, Marcos?

—¿Qué?

—Tú igual, desde que te vi me gustaste.

Al decir esto, casi por inercia ambos se empujaron para la alberca, en cuestión de minutos nadaban hacia el otro extremo de la alberca, iban a medio camino, cuando Zuu le dijo a Marcos:

—Si me ganas, seguimos el tema.

Marcos no dudó en nadar cada vez más rápido, quería dejarla ganar, pero eso significaría no continuar con la plática romántica, así que hizo su mejor esfuerzo y aun así seguían a la par. Finalmente, Marcos llego antes por tan solo unos centímetros, no sabían quién dejó ganar a quien.

—Te gané, así que hay que seguir con la plática.

Zuu tomó agua con su mano derecha y se la echó en la cara a Marcos, Marcos a su vez hizo lo mismo; ambos estuvieron jugueteando por varios minutos con el agua, como tratando de prolongar la respuesta que obtendrían de aquella declaración.

—Entonces, ¿quieres ser mi novia?

—¡No! —dijo Zuu de manera drástica.

Hubo un breve silencio por parte de Marcos, sentía algo así como un nudo en la garganta. Estaba tratando de continuar la conversación, cuando se acercaron unos amigos por detrás y los aventaron al agua.

La alberca ya estaba llena de varios chicos y chicas nadando, algunos tenían una pelota pasándola de un lado a otro, algunos más se lanzaban desde los árboles para caer en la alberca. Las burbujas que hacia el agua se dejaban ver cada vez que alguien se sumergía en la parte más profunda. Zuu comenzó a nadar rumbo a la orilla, Marcos por su parte hizo lo mismo, aunque, en vez de acercarse a la orilla, se dirigieron a otra alberca que estaba en la parte de atrás. Para llegar tenían que cruzar nadando por un pequeño túnel donde apenas cabía una persona nadando.

En pocos minutos ya estaban del otro lado. Ambos se miraban muy contentos, poco a poco se acercaron al centro de esa pequeña alberca donde había una rotonda, que servía para estar sentados. Ambos se acomodaron y así, sin decir nada, se miraron a los ojos y se besaron, a los pocos segundos Zuu mordió los labios de Marcos y eso hizo a que ambos se dejaran de besar.

—¿Y ese mordisco? —dijo Marcos entre sorprendido y desconcertado.

—Es porque no me gustan los besos, así que cada vez que me beses, te muerdo.

—Bueno entonces te besaré más.

Estaba a punto de volverla a besar cuando, por el mismo túnel, salieron otros de sus amigos. A Zuu, a sus escasos 16 años, le daba pena besar a Marcos, así, a la vista de todos, tal vez porque Marcos era mucho mayor que ella, o tal vez porque era su primer novio. Aunque Marcos nunca supo que fue su primera pareja, al menos mientras estuvo con ella no lo supo, porque ella le dijo que tenía 18 años y también que ya había tenido dos novios antes de él.

Así pasaron las horas, hasta que llegó el momento de volver al autobús para regresar a la ciudad. Todos comenzaron a subir, Marcos, ahora ya novio de Zuu, trataba de tomarla de la mano, pero ella quería disimular que ya andaban, entonces Marcos se limitó a caminar junto a ella. Al subir al autobús buscaron un asiento para viajar juntos, está vez fueron afortunados en encontrar uno vacío, ahí ambos se sentaron.

A los pocos minutos, el autobús comenzó a moverse a una velocidad bastante rápida, los árboles y arbustos comenzaron a pasar muy rápido, las montañas a lo lejos se veían balancearse por las curvas y por la velocidad a la que iban. El día sin duda fue muy entretenido, todos habían gastado su energía, por eso algunos chicos ya comenzaban a dormirse. Zuu se recostó en los hombros de Marcos, él a su vez la abrazó y por largo rato ambos se quedaron dormidos. La velocidad y el movimiento del autobús hizo que se sintieran arrullados y sin duda ese sentimiento tan lindo, los cobijó en este viaje, que parecía por instantes ser hacia el infinito.

A partir de ese día comenzó su historia de amor. En la medida que los minutos, las horas y los días pasaron, Zuu se enamoró cada vez más de Marcos. Él le demostraba su amor, con pequeños detalles. Cada vez que iba a verla le llevaba un dulce, a veces un chicle y otras veces otra golosina. Las tardes lucían llenos de amor y los besos cada vez fueron siendo más intensos. Ella seguía mordiendo los labios de Marcos cada vez que la besaba, era una chica traviesa en cuanto a pasión romántica.

Cuando Marcos regresaba a casa después de caminar con Zuu, llevaba una mirada alegre y muy sonriente, sin duda el amor hacia eco en todo su ser. Ella, por su parte, se sentía llena de dicha y con una alegría desbordante, como resultado de aquel amor tan puro y sincero que sentía por Marcos.

Sismo de 1999

Fue un día martes 15 de junio de 1999, a las 03:42 p.m. cuando la tierra comenzó a moverse por aproximadamente 45 segundos, por un sismo de 7,1 grados en la escala de Richter. En la ciudad donde Vivian Zuu y Marcos hubo varios daños de edificios históricos, Marcos salió de su casa a toda prisa montado en su bicicleta, se dirigía a casa de su novia Zuu.

Como si se pusieran de acuerdo ella hizo lo mismo, igual fue a buscarlo porque lo primero que pensó es en saber cómo estaba después de aquel terremoto. Mientras Marcos avanzaba las varias cuadras pedaleando a todo lo que daba, en ningún momento pensó que ella igual venía a su encuentro; la gente corría por todos lados, algunos saliendo de las fabricas industriales donde trabajaban. Otras más que eran madres de familia saliendo de sus casas, con lágrimas en los ojos preocupadas y asustadas porque nadie sabía cómo estaban los niños de las escuelas.

Ya era demasiada gente cruzando las calles a pie, en automóviles y en bicicletas, por lo que Marcos tuvo que pedalear más despacio para no chocar con la gente. Había llegado a la escuela más grande de la ciudad, las madres de familia entraban y salían de la escuela, algunas ya con sus hijos, otras con los nervios de punta y con lágrimas en los ojos. Varias sirenas de ambulancias hacían eco en el pleno centro de la ciudad; el estrés, el miedo y el ir y venir de la gente, causaban un completo caos en aquel 15 de junio de 1999.

Marcos tuvo que bajarse de su bicicleta porque ya era imposible seguir pedaleando y avanzar con tanta gente. Como si el destino los acercara, justo media cuadra después de la escuela, Marcos por poco y choca con Zuu.

—Mi amor, ¿cómo estás? —dijeron casi al mismo tiempo y ambos se abrazaron.

—Tengo mucho miedo —dijo Zuu—, pensé que te había pasado algo y no supe qué hacer.

—No te preocupes Zuu, ya aquí estoy contigo. Tranquila, no pasó nada.

Zuu se notaba muy asustada, por lo que Marcos la abrazo y sobándole el hombro trató de animarla, ambos estaban bien. En esos instantes se sentían protegidos el uno del otro, pero ambos no sabían nada de su familia.

—¿Cómo está tú mamá? —preguntó Marcos.

—No lo sé, yo salí corriendo porque lo primero que pensé fue en ti.

—Yo tampoco sé nada de mi familia.

—Escúchame bien Zuu, esto vamos hacer. Tu ve a tu casa y yo voy a la mía —concluyó Marcos—. Tenemos que estar con nuestras familias, por favor vete con calma, más tarde nos vemos para ver cómo están todos, ¿sí?

—Sí mi amor —respondió Zuu—, pero por favor vete con cuidado, no quiero que te pase nada.

—Claro que si amor, así será. Tu igual cuídate.

Ambos se dieron un beso muy tierno y se abrazaron, porque, aunque querían permanecer juntos, tenían que ir y estar con sus familias; los dos querían y deseaban que sus familias estuvieran bien. Marcos subió a su bicicleta y comenzó a pedalear, Zuu se regresó caminando a toda prisa para su casa, antes de llegar a la esquina ambos voltearon para verse y enseguida continuaron su caminó, la emoción de haberse encontrado y el cariño que se demostraron, realmente les dio fuerza para apresurarse a estar con sus familias. Pasaron más de diez minutos para que ambos llegaran a sus casas, afortunadamente, las familias de esta pareja de enamorados estaban bien.

A Marcos le faltaba saber cómo estaban sus familiares que vivían en otra ciudad que estaba un poco retirada, así, en esos instantes fue a la tienda más cercana a comprar una tarjeta para marcar, pero cuando llego a la caseta que estaba cerca del parque se percató de que había fila para usar el teléfono público. Entonces trepó en su bicicleta y se fue a una caseta telefónica que estaba junto a una papelería, pero en esta tienda la fila era aún más larga, volteó para el parque porque aún se lograba ver a lo lejos y se dio cuenta que ya nada más estaba una persona hablando de esa caseta.

El joven trepó nuevamente en su bicicleta y pedaleó a toda prisa para llegar pronto y alcanzar espacio para marcar y afortunadamente tuvo suerte, al llegar tiró su bicicleta tan rápido que hasta las llantas quedaron dando vueltas por la forma en que la tiró.

Sacó su tarjeta que traía en la bolsa trasera de su pantalón, la introdujo en el orificio y marcó los diez dígitos correspondientes. Apenas como que se escuchaba a lo lejos la voz de una señora que tenía unos 50 años de edad, era su tía que, con una voz de pánico, le dijo:

—Aquí estamos bien, pero dime cómo están ustedes, no sabía qué hacer para saber de ustedes.

—También estamos bien tía —respondió Marcos—, no se preocupe. En cuanto pude me comuniqué, me costó un poco porque aquí las casetas están llenas de gente y es que hace unos minutos ni señal había.

—Sí hijo, me da gustó saber que están bien, dime como están tu mamá y tus hermanos.

—Todos están bien tía, gracias. ¿Y mis primos cómo están?

—Igual todos estamos bien, gracias por preguntar por nosotros, dile a tu mamá que no se preocupe, me la saludas y también a todos tus hermanos.

—Sí, muchas gracias tía, se los saludó. Me dio gustó saber de usted.

—A mí también me dio gustó saber de ustedes —terminó su tía antes de colgar.

El semblante de Marcos había cambiado por completo, cuando por fin se pudo comunicar con su familia y afortunadamente todos estaban bien. Se dirigió a su casa y mientras avanzaba pedaleando su bicicleta, el caos seguía en la ciudad. Gente en las calles, ambulancias sonando muy fuerte sus sirenas y el pánico que se dejaba notar en los rostros de la gente, todo era en realidad una experiencia insólita, sin duda ese día fue muy pesado para todos, pasaron varios días para que la gente pudiera recuperarse por completo.

El amor huele a paraíso

Mientras duró la relación de amor, las tardes para Marcos y Azucena fueron maravillosas, se veían todos los días cuando Marcos salía de trabajar, su lugar de cita era la esquina de un parque donde había un árbol muy grande. Zuu era un tanto tímida y a veces no tenía nada que decir, pero Marcos se las ingeniaba para iniciar la plática, a veces Zuu, sin que Marcos se diera cuenta, le decía:

—Mira, te hablan allá —Marcos volteaba a ver mientras ella le hacía cosquillas.

Otras veces salían corriendo los dos, ella persiguiendo a Marcos.

—Oye Zuu, ya párale —solía decir Marcos.

Las risas eran intensas, no había algo mejor que estos momentos de éxtasis, en esas tardes que parecía que vivían en el paraíso.

Cada vez que se veían, Marcos llevaba algún detalle. Algunas veces le llevaba un bubulubu, otras veces chicles, otras veces le llevaba rosas. Caminaban tomados de la mano, contando anécdotas de lo que habían vivido durante el día.

En una ocasión, a Marcos se le ocurrió invitarla a dar un paseo a una ciudad cercana de donde vivían.

—Zuu, ¿qué te parece si vamos a dar un paseo a la ciudad?

—Claro, ¿cuándo quieres ir para que les pida permiso a mis papás?

—¿Te parece si vamos este fin de semana?

—Bueno, este fin de semana iré al dentista —dijo la joven—. Mi mamá ya hizo la cita, pero si quieres vamos el siguiente fin de semana, igual si estas disponible, sabes que igual tienes que dedicar tiempo a tus actividades.

—Claro que sí puedo el siguiente fin de semana, tú sabes que para ti puedo estar disponible cuando quieras.

—Sí lo sé, gracias. Eres muy buena onda conmigo, de verdad me gustaría ir contigo este fin de semana, pero mi mamá ayer hizo la cita y no le puedo decir que la cancele, esperó y lo entiendas —contestó Zuu.

—Claro, no te preocupes, de verdad sí lo entiendo. Vamos el siguiente fin de semana, ¿sale?

Ambos llevaban una relación muy bonita porque se entendían muy bien y nadie se sentía presionado, los días pasaron rápido y el siguiente fin de semana llego pronto, como en todo acto de amor, los segundos y minutos pareciera que pasaban volando.

—Mañana nos vamos de paseo Zuu, verás que nos la vamos a pasar bien —dijo Marcos días después.

—¿Y a dónde me vas a llevar?

—Bueno, tú tranquila, te voy a secuestrar y no te devolveré jamás. —Esta broma le agradaba a Azucena, porque le gustaba mucho el humor con el que hablaba Marcos.

—Está bien, entonces, ya que me vas a robar, esperó y me lleves muy lejos, quiero estar junto a ti para toda la vida.

—Claro que sí.

Marcos la abrazo y mientras permanecían abrazados, ambos suspiraron, porque sin duda estaban enamorados y justo la noche comenzaba a caer; las estrellas lucían en esa tarde noche porque el cielo parecía que estaba al unísono de este amor tan puro y tierno. Después de este abrazo tierno se besaron suave y apasionadamente, las caricias eran en verdad un éxtasis muy sutil y maravilloso.

—Ya me voy amor, llegaré temprano porque mi mamá sí me dio permiso ir contigo mañana, pero me dijo que hoy llegara temprano y no quiero fallarle, quiero que ella igual confié en mí, así como siempre lo ha hecho.

—Sí Zuu, ve a tu casa mañana; te veo a las tres de la tarde. Te amo, nunca lo olvides por favor.

—Gracias, yo también te amo —respondió Zuu con amor— , mañana nos vemos en el parque, llegaré puntual a las tres.

—Sí, yo también llegaré puntual.

Ambos se despidieron con un beso. Mientras caminaban por lugares opuestos, seguían agarrándose de la mano y se fueron soltando poco a poco, así como se ve en las telenovelas. Los suspiros en aquella tarde noche eran sin duda sonidos que hacían eco hasta lo más profundo de sus corazones, los grillos que cantaban en aquel momento para ellos eran como un fondo musical que los elevaba a un nivel de conciencia extasiado.

Azucena llegó a su casa llena de dicha y mucha emoción, era un día maravilloso el que se acercaba, porque para Zuu, a sus escasos dieciséis años, también era su primer paseo con su novio.

—Hija, mañana quiero que llegues a más tardar a las siete de la tarde, es la primera vez que te dejo ir con tu novio y no me gustaría estar preocupada tanto tiempo —dijo la mamá de Zuu.

—Mamá, tú conoces a Marcos, también conoces a sus papás, así que no te preocupes, tampoco creas que me va a secuestrar.

—Ya lo sé Zuu, pero soy tú mamá y además estás aún muy chica, así que no me rezongues. Por cierto, ¿a qué hora dices que se van a ver?

—A las tres de la tarde mamá.

—Bueno. Te estoy dando permiso cuatro horas, tienes que comprender que son suficientes para estar con tu novio.

—Cariño deja ya en paz a Zuu —dijo el papá de Azucena—. Yo también me preocupo por nuestra hija, recuerda que ya nos pidió permiso, estará bien.

—Mira hija solo cuídate mucho y dile a tu novio que tienes que regresar luego para que tu mamá no esté tan preocupada.

—Sí papá, gracias, les juro a los dos que regresaré a las siete.

Marcos a esa hora estaba en su casa viendo una película, sin duda igual muy emocionado, solo en unas horas más después del amanecer se iba a ir con su novia y sin duda la pasarían muy bien. En su rostro se le notaba la alegría, pasó sus dedos por sus ojos como tallando su rostro, algo así como cuando estas lleno de amor por ti y por la chica que amas. A su lado tenía una lata de refresco que se había comprado en la tienda, cuando venía de regreso de ver a Zuu; en una mano tenía unas palomitas que le había dado su mamá porque igual era un chico consentido por su mamá.

Justo le dio un sorbo a su refresco cuando escuchó que tocaron la puerta, aun con la lata en su mano, se acercó y abrió la puerta.

—Qué onda Carlos, ¿cómo estás? —preguntó Marcos, Carlos era uno de sus amigos.

—Bien, oye, mañana vamos a ir a jugar futbol con unos amigos que quieren una reta, ¡vamos! —le dijo su amigo entusiasmado—. Contigo ya completamos el equipo, es amistoso así que no hay que poner nada.

—Sí me gustaría ir, pero mañana no puedo, es que voy a salir con Zuu y pues ya quedé con ella.

—Pues llévala y así llevamos porras, también va a ir mi novia y la novia de Ricardo.

—Sí pero ya decidimos a donde ir, además me hubieras comentado el domingo que te vi, así tal vez podíamos ir con ustedes.

—Está bien, no te preocupes, igual se me había pasado comentarte —comentó su amigo un poco triste—, que se diviertan, no sé dónde te la llevas, pero pásenla bien.

—No es lo que tú piensas, solo vamos a pasear.

—Yo no dije otra cosa, solo pásenla bien. Recuerda que en veinte días nos vamos a la disco, no digas que no te recordé.

—Claro, ya lo tengo en mente.

Enseguida de la despedida cerró la puerta, tomó una libreta donde anotaba sus actividades y anotó la fecha para ir a la disco. A veces Marcos era un tanto metódico y le daba por anotar algunas fechas que para él eran importantes para no olvidarlas, enseguida se metió a bañar y minutos después se acostó a dormir, al siguiente día tenía que trabajar y también le esperaba un gran paseo con su novia.

Esa noche fue sensacional para los dos, mientras dormían, los latidos de sus corazones acariciaban sus almas, aun en la distancia, aun durmiendo en camas separadas, cada suspiro hacia que se inflaran y desinflaran sus pechos. Los segundos, los minutos y las horas pasaron lentamente, esa noche el cielo celebraba su amor, porque estaba totalmente despejado y las estrellas en verdad brillaban.

Dieron las siete de la mañana, ambos, cada quien en su casa, se pararon de la cama a la misma hora, cada quien se dedicó a hacer sus actividades, la mañana estaba en verdad deliciosa y así como la noche fue lenta, las primeras horas del día igual se hacían lentas. Pasaron las horas largas y por fin se dieron cuenta que ya eran las dos de la tarde.

Ambos, cada quien en su casa, se comenzaron arreglar. Después de bañarse, el espejo fue testigo de su inmensa alegría de estos chicos enamorados, varias vueltas enfrente del espejo, varias sonrisas sutiles y varios suspiros, fueron la característica más precisa de aquellos momentos mientras se arreglaban.

Huellas en nuestra historia

Faltaban cinco minutos para las tres de la tarde cuando Marcos llego al parque donde acostumbraban verse. Se sentó en una banca a esperar, mientras veía pasar a la gente que cruzaba el parque. Un señor que vendía nieve iba cruzando por aquel parque montado en un triciclo de color amarillo y una sombrilla grande de color blanco cubría su cabeza para no quemarse del sol. Todavía no llevaba mucho tiempo esperando cuando Zuu le hizo cosquillas por detrás, en verdad fue divertido porque Marcos se paró de inmediato de la banca, como si le diera una corriente eléctrica.

Después de darse un beso se tomaron de la mano y caminaron con rumbo a la parada de los autobuses, en seguida se acercó un autobús y ambos subieron, aún sin soltarse de la mano. Marcos pagó el pasaje de ambos y se dirigieron a un asiento doble que estaba disponible justo a mitad del autobús.

—Mi mamá me dijo que regrese temprano, anoche me lo recalco mientras cenábamos —dijo la muchacha—, a veces siento que exagera.

—No te preocupes corazón, vamos a regresar luego, y pues entiende a tu mamá, sabes que las mamás así son.

—Sí, pero no hay que hablar de terceros.

Marcos la abrazo y así viajaron por escasos 40 minutos, era divertido ver a estos chicos cómo se reían cuando el autobús saltaba al pasar por unos topes de algunas desviaciones a los pueblos cercanos, pronto el autobús se llenó. Era fin de semana y la gente solía viajar a esa ciudad a la cual iban nuestros enamorados, las compras, los paseos y compromisos hacían que los autos de transporte público se llenaran cada fin de semana.

Cuando llegaron a la ciudad, ambos se bajaron tomados de la mano. Enseguida comenzaron a caminar por una acera de la calle, entraban a las tiendas donde venden accesorios, sonriendo veían las pulseras, los anillos y otros accesorios que les llamaban la atención. A Marcos, a pesar de que era detallista, jamás se le ocurrió comprarle un detalle en esta ocasión, tal vez porque le gustaba darle sorpresas, o tal vez porque no se le pasó por la mente comprarle un detalle.

Entraron en una tienda grande donde venden peluches y fue tanta la emoción por lo divertido que era este paseo, que hasta Marcos chocó con el cristal de una tienda cuando ya iban de salida. Ambos morían de la risa, la chica que atendía creyó que se había roto el cristal porque si sonó duro la cabeza de Marcos cuando chocó con el cristal, pero afortunadamente no pasó a mayores.

Entre risas caminaron por un pasadizo lleno de locales con accesorios de diferentes tamaños y precios, cuando salieron del otro lado, se dirigieron a una heladería a comer un helado, el momento lo ameritaba, ya hasta les dolía el estómago de tanto reírse por aquel choque con el cristal, saborearon un helado en aquel momento sublime y feliz.

—Oye, de verdad asustaste a la chica del mostrador, hasta brincó, parece que creyó que rompiste el cristal —dijo Zuu.

—Lo que sí por poco se rompía fue mi cabeza.

—A ver, ¿todavía te duele?

—¡Auuu!, sí, un poco. Ya déjalo así, si lo tocas me duele.

—Ya ves mi amor, porqué andas distraído.

—Era la emoción, yo te jalé de la mano y no me di cuenta que estaba el cristal, pero fue divertido. Hasta me duele el estómago de tanto reírme.

—Sí, a mí también. ¿Sabes? Me encantas porque me haces muy feliz, siempre me la paso bien contigo. Te amo —dijo Zuu con mucho amor.

—Tú también eres muy divertida, me encanta como eres, te adoro Zuu.

El helado era delicioso y más cuando estas con la persona que amas, en realidad fueron momentos hermosos, momentos llenos de amor, de cariño. Las risas, las bromas y las cosquillas hacían que todo fuera divertido.

Después de pasar más de una hora sentados en aquella heladería, continuaron recorriendo la ciudad a pie. Se fueron a un parque que, por alguna razón, es poco frecuentado por la mayoría de gente, en verdad es un lugar muy tranquilo. Las palomas se deleitaban comiendo arroz que los niños les tiraban, la música clásica se dejaba escuchar en las bocinas que colgaban de los árboles, se acercaron a la orilla del parque porque vieron a una señora que vendía pastelillos que a Zuu le encantaban, al lado de ellos había un puesto de dulces. Mientras Zuu pedía los pastelillos, Marcos se acercó a los dulces y pidió un bubulubu, cuando Zuu se dio cuenta le dijo:

—Quiero uno, sabes que me encantan los bubulubus.

—Claro, ya te compré uno.

Ya con los bocadillos en la mano, buscaron una banca disponible y ambos se sentaron, cruzaron las piernas y se pusieron a comer las golosinas. Así continuaron entre besos y caricias, entre bocadillos y risas, los minutos está vez pasaron volando, el tiempo pareció tramposo, porque está vez pasaba rápido y unas horas antes de verse parase que se volvían eternas.

—Ya tenemos que irnos, no quiero fallarles a mis papás —dijo Zuu.

—Sí corazón, ya vámonos —respondió Marcos—. Por mí me quedaba todo el tiempo contigo aquí paseando, pero igual estoy de acuerdo contigo, hay que regresar temprano para que tus papás te dejen salir conmigo otro día.

—Claro que sí, vas a ver que vamos a salir miles de veces y siempre será divertido, nada más no te vuelvas a pegar con el vidrio.

Las risas volvieron después de este comentario de Zuu, se tomaron de la mano y caminaron para regresar a casa. Estaban justo a tiempo, porque sin duda los papás de Azucena ya estaban viendo el reloj. Fue una tarde inolvidable, literalmente, cuando llegaron al parque donde vivían, la mamá de Azucena ya la esperaba, a pesar de que estaban justo en el horario que quedaron, pero sin duda a una chica de dieciséis años habrá que cuidarla mucho.

—Mamá, no era necesario que vinieras a esperarme.

—Iba pasando y decidí esperar un ratito para ver si ya venían —contestó la señora.

—Gracias señora por darle permiso a Zuu, si no le importa la acompaño a su casa.

—Está bien Marcos, ve a dejar a Zuu, yo pasaré a comprar unas cosas.

Ambos caminaron tomados de la mano con dirección a la casa de Azucena, el sol ya estaba a punto de ocultarse, sin duda ambos se veían satisfechos, porque cada vez que se veían la pasaban muy bien y cada vez se enamoraban más y más, sus corazones sin duda se volvían uno, los suspiros enaltecían las emociones de amor.

Minutos después, cuando llegaron a casa de Zuu, se abrazaron y se dieron un beso muy tierno y suave, de esos besos donde la sensación se fusiona con la eternidad. Cuando se despidieron, Marcos se encaminó a su casa justo después de que Zuu cerró su puerta.

Después de este paseo de fin de semana los dos siguieron sus actividades, Azucena en la escuela y Marcos en el trabajo, como siempre se veían en la tarde. En una ocasión, Marcos, se encontró con unos amigos y mientras charlaban escuchó una conversación donde decían que Ximena estaba por regresar de un viaje.

Ximena era una chica que Marcos conoció unos meses atrás y al escuchar esta conversación recordó que en una ocasión pasó a casa de Ximena, porque fue a entregarle un libro a su mamá. En esa ocasión mientras esperaba en la sala para que lo atendieran, Ximena salió de su recámara y saludó a Marcos.

—Buenos días, enseguida viene mi mamá, espérala por favor.

—Sí, gracias.

Ximena tomó su bicicleta, abrió la puerta y salió sin decir nada más que el saludó. Ella era una chica que tenía dieciocho años de edad, media aproximadamente uno sesenta y cinco centímetros de estatura, tenía cabello corto de complexión delgada, piel morena y muy simpática. A Marcos le llamo la atención, pero no puso mucho énfasis en ella, esperó un rato más hasta que la mamá de Ximena salió de un cuarto, venía en compañía de una señora de su misma edad platicando sobre el viaje de Ximena.

—Si a Ximena le gusta el lugar se quedará a vivir allá con sus tíos, yo la apoyo en todo, pero depende de ella

—Creo que tienes razón, coméntale que mañana vengo a despedirme de ella.

—Claro que sí, yo le comento.

Después de esta conversación la señora se despidió y a estas alturas Marcos se dio cuenta que la chica que había terminado de conocer (Ximena) estaba a punto de irse de viaje, pero a pesar de que le había gustado, trató de no darle importancia, probablemente para no ilusionarse o simplemente porque solo le gustó como cualquier otra chica guapa de esa edad.

—Disculpa Marcos que te haya hecho esperar, es que ando arreglando sus cosas de mi hija Ximena que ya se va.

—No se preocupe, le traje este libro, me dijeron que se lo entregue.

—Sí, está bien, gracias por traerlo.

Marcos después de despedirse trepó en su bicicleta y se dirigió a su casa. Por un instante quería preguntar más sobre Ximena, pero no se atrevió, era un tanto tímido y no quiso saber más de esta chica, además ya estaba por irse de viaje y trató de sacárselo de la cabeza. Al día siguiente volvió a pasar por la casa de Ximena porque había tomado un atajo para llegar más pronto a su casa y, justo en la esquina, la encontró de frente pero no le dio tiempo saludarla porque ambos iban rápido, fue entonces cuando se dio cuenta que sí le gustaba. De alguna manera se sentía atraído hacia ella, pero ni siquiera se llevaba con ella y nuevamente la sacó de su cabeza.

Ese fue el último día que la vio, después de ese día ya no supo más de ella hasta que escuchó esta conversación que la hizo recordar, pero solo fue una conversación… tal vez se trata de otra Ximena (se dijo para sí mismo) y además las personas de las que escuchó la conversación no las conocía, entonces supuso que tal vez se trabaja de otra Ximena y no la chica que había conocido tiempo atrás.

Entonces siguió charlando con sus amigos y en seguida se despidió, al día siguiente cuando estaba con su novia Zuu, se le vino a la mente invitarla a salir a bailar.

— ¿Crees que tus papás te dejen ir a bailar conmigo?

—Esperó que sí, ¿a dónde vamos a ir?

—El próximo sábado uno de mis amigos va a cumplir años y está organizando una fiesta para celebrar su cumpleaños, dice que terminara como a las once de la noche… me gustaría que fueras conmigo.

—Deja comentarles a mis papás si me dan permiso y sí vamos, a mí también me agrada la idea de ir a bailar contigo.

Ese día iban tomados de la mano. Mientras caminaban se iban riendo por locuras que les pasaban por la "mente" y a veces ella le hacía cosquillas y lo correteaba porque Marcos tenía muchas cosquillas, entonces huía de ella y en realidad era muy divertido ver a Marcos y Zuu, corriendo y riéndose de sus travesuras.

Al día siguiente que la vio ambos iban en bicicleta y para poder conversar a gustó se bajaron de sus bicicletas y se sentaron en el pasto a las afueras de la ciudad donde vivían, estaban platicando de lo bien que la pasaron durante el día. Zuu le comento a Marcos que sí le habían dado permiso sus papás para que fueran a bailar.

—Mis papás me dijeron que sí vaya contigo pero que en la noche irán por mí a traerme, entonces yo les dije que sí, sabes que prefiero ser honesta con mis papás para no perder la confianza que depositan en mí.

—Sí está bien amor, mira la calle es 16 sur número 3500, justo a dos casas de la farmacia, te veo a las seis de la tarde en el parque, me dijeron que estemos puntuales para no perdernos nada de la diversión.

—Sí está bien a esa hora, nos vemos. Por mis papás no te preocupes, dicen que nos esperarán afuera y van a llegar como diez y media nada más para ir por mí.

El día de la fiesta, Azucena llego a la hora acordada en el parque donde quedaron de verse, llevaba puesto un pantalón de mezclilla y una blusa blanca de manga larga, sus tenis eran de color azul marino, llevaba cabello suelto ligeramente corto. Marcos igual llevaba pantalón de mezclilla color negro, playera azul marino y tenis blancos, ambos se dirigieron para la fiesta de cumpleaños, al pasar por una papelería se detuvieron para comprar un regalo, ambos escogieron una cartera negra para llevarla de regalo.

Para que el regalo aparentara ser muy grande compraron varias cajas vacías, las llenaron de globos y confeti cada una, hasta que la última caja daba la apariencia de contener un gran regalo, cuando en realidad el regalo iba en una pequeñita caja donde apenas cabe una cartera. Cuando llegaron a la fiesta, de todos los invitados Zuu y Marcos daban la apariencia de llevar el regalo más grande, el festejado textualmente dijo.

—Marcos y su novia sí me quieren mucho, vean, esto sí es un regalo. —Zuu pellizco a escondidas a Marcos, como diciéndole contrólate y no digas nada de las cajas que van encimadas—. Los invitados fueron llegando. Mientras pasaban los minutos, el festejado los estaba recibiendo en la entrada. La música ya comenzaba a sonar, los meceros comenzaron a pasar las charolas con vasos de refresco para que todo fueran entrando en ambiente. Todos los chicos eran calmados y nadie tomaba bebidas alcohólicas, también entre las charolas llevaban bocadillos que enseguida comenzaron degustar.

Las parejas de novios cada una comenzaron a bailar y de entre ellos igual Zuu y Marcos se unieron y comenzaron a bailar junto con todos los invitados y el festejado. Después de bailar más de una hora, entre risas, bullas y con globos en mano, el festejado tomó el micrófono para decirles que pasaran a la mesa porque ya era hora de sentarse a comer el platillo favorito del festejado. Todos se fueron entrando en ambiente, entre relajos y bromas, cada uno con una sonrisa de "oreja a oreja", muy típica sonrisa de jóvenes alegres, guapos y enamorados, le energía se dejaba notar en sus fisonomías, la mayoría eran de entre dieciséis a diecinueve años de edad.

Después de terminar de comer tocaba partir el pastel, fueron momentos emotivos cuando al festejado le tomaron la foto, con su cara bañada de pastel, porque, de tantos amigos, no se pudo salvar de sumergirlo en la esquina de el gran pastel que le habían comprado. Así, entre risas, después de comer pastel llegó el momento de dar los regalos. (En realidad llego el momento de abrir los regalos, porque todos ya estaban en la mesa). El festejado se emocionó y dijo:

—Abriré primero los regalos más chicos y después este regalo gigante. La mayoría comenzó a reírse, algunos porque sospechaban y suponían que podría ser una broma y otros más por la emoción del festejado. Así fue abriendo los regalos uno a uno; las bullas, las bromas y las risas eran parte de aquella fiesta de cumpleaños. Por fin después de abrir todos los regalos chicos, decidió abrir el regalo gigante, los nervios literalmente estaban de punta, tuvo que bajarlo de la mesa para poder abrirlo, pero justo al bajarlo se dio cuenta que no pesaba, trató de sacudirlo y mientras hacía eso todos le gritaban ¡que lo abra!, ¡que lo abra!, el textualmente dijo:

—Creo que es un peluche gigante.

Y volvió a sacudir aquella caja grande, de hecho, la caja estaba literalmente a la altura de él porque se suponía que sí contenía un gran regalo, cuando lo abrió saltaron unos cuantos globos que estaban aplastados por la tapa de la caja, fue entonces cuando se dio cuenta que adentro tenía otra caja más chica.

A partir de ese momento supuso que, en realidad, sí era una broma. Así continúo abriendo la siguiente caja y en seguida aparecía otra caja más, entonces sus amigos y demás chicos que lo acompañaban en esa fiesta le dijeron:

—Es un anillo de compromiso.

A lo que él contesto, pero este regalo es de Marcos y su novia, no puede ser un anillo. ¿Ustedes que dicen?

—Es una pulsera.

Y así continuo hasta que por fin llego a sacar una cajita muy pequeña y sin duda era la última cajita, cuando lo abrió se percató de que era una cartera negra, estaba cubierta con mucho confeti, lo saco y recogió el resto de confeti y se los echó a los que estaban junto a él, algunos reventaron los globos y sin duda todos estaban muy divertidos y muy entretenidos.

La emoción de aquel cumpleaños estaba a flote, todos se pusieron a bailar y la diversión se prolongó, sin darse cuenta que algunos tenían el tiempo medido para estar en esa fiesta, entre ellos estaba Zuu, que ya comenzaba a ver el reloj de Marcos, porque ya eran las diez de la noche, Marcos se dio cuenta que su novia Zuu, ya estaba pendiente de la hora y le dijo:

—Si quieres vamos a la calle a ver si ya están tus papás

—Apenas son las diez en un ratito más salimos.

Fue así como continuaron bailando y la diversión siguió, las luces, el humo y los globos que cada quien tenía en las manos, eran una completa escena de multicolores que figuraba entre estos chicos. Algunos que igual tenían permiso limitado comenzaron a despedirse, dándole un abrazo al festejado, enseguida Azucena y Marcos hicieron lo mismo.

Cuando salieron a la calle justo a unos tres metros de distancia de la puerta donde fue la fiesta, se encontraban los papás de Zuu. Marcos los saludó con una sonrisa y todos comenzaron a caminar en dirección de la casa de Zuu, con sus papás a su lado, la noche estaba fresca y muy oscura porque la luna no había salido, solo las estrellas se dejaban presenciar en el cielo despejado, las luces de los autos a veces les daban en sus caras cuando cruzaban las esquinas, a esta hora había poca gente caminando en las calles, solo a veces encontraban algunas parejas de novios tomados de la mano.

Caminaron más de 8 cuadras, cuando los papás de Azucena le dijeron a Marcos:

—Si quieres puedes irte para tu casa por aquí te agarra más cerca nosotros nos vamos con Zuu.

—Está bien sí, me iré por esta calle…gracias por darle permiso a Zuu para salir conmigo.

Se despidió de Zuu y se fue a su casa, la emoción era inimaginable, esa noche se la pasó de maravilla con su novia y Zuu por su parte igual se fue emocionada con sus papás, estaba muy contenta porque tenía a un novio que amaba, le gustaba como la trataba y también se sentía muy feliz porque sus papás estaban de acuerdo con esa relación.

Sin duda cuando tus papás te apoyan y te dejan ser el amor se vuelve más sensacional. El resto de la noche fue como dormir en un completo paraíso, de los suspiros solo la almohada lo supo, los dos desde sus camas recordaban con plena alegría la diversión que habían vivido, esa noche cuando las estrellas se unían a la plenitud de amor por estos chicos enamorados.

Viaje familiar

Esta relación amorosa se caracterizaba por un amor incondicional y se dejaba manifestar sin miedo, excepto porque los dos de alguna manera se cohibían en algunas ocasiones. Zuu por sus escasos dieciséis años de edad y Marcos, por sus límites "mentales", en ocasiones igual se cohibía, pero a pesar de todo, los dos se la pasaban bien. Los detalles, las pláticas y las cosquillas les causaban muchas risas y eran una muestra perfecta de su amor. Pero también contaban mucho las veces que salían juntos a las fiestas de cumpleaños y a los eventos que organizaban en el club al que pertenecían.

Ellos estaban en un club donde se reunían varios grupos de jóvenes para ir a conferencias y algunas veces salir de excursión o días de campo, así como el día en que se conocieron, ambos llevaban una vida muy entretenida, Marcos a veces hasta anotaba las fechas de eventos para no olvidarlas, porque a veces había eventos en otros estados y por lo regular les daba prioridad los viajes largos, porque le gustaba viajar mucho. Zuu a veces tenía que limitarse al permiso de sus papás para salir, porque apenas tenía 16 años y aún no podía tomar por sí misma esas decisiones, por eso a veces sus papás la llevaban de viaje.

En una ocasión, ella estaba barriendo el patio. Era un domingo por la mañana; mientras sostenía la escoba para acomodar el recogedor de basura, alguien tocó la puerta, Zuu colocó el recogedor y arrinconó la escoba para dirigirse a la puerta, cuando abrió vio a un joven que sostenía un sobre de envío tamaño carta de color amarillo.

—Buenos días señorita —Zuu sonrió y en seguida dijo:

—Buenos días. —Estaba a punto de decir, ¿qué se le ofrece?, cuando el joven que vestía playera blanca y una gorra azul marino, dijo:

—Vengo a entregar esta invitación, de la empresa donde trabaja el señor Sergio... ¿es tu papá verdad?

—Sí lo es, ¿quiere que le llame?

—No así está bien, solo me encomendaron entregar esta invitación al parecer dentro del sobre vienen todos los detalles.

Zuu, después de tomar el sobre, cerró la puerta después de decirle adiós al cartero, en seguida se encaminó al jardín donde se encontraba su papá para entregar el sobre que le habían entregado a ella.

Las plantas escurrían de agua cuando su papá pasó de un lado para otro. Mientras caminaba veía las rosas que ya les había tocado su riego y eran en verdad hermosas, había rosas rojas, blancas y rosadas. Algunas estaban apenas en su capullo; otras más ya tenían bien abiertos los pétalos. El aroma, los colores y el sonido del agua, que ligeramente se expandía del orificio de la manguera, eran en verdad algo muy sensacional para la vista y los oídos de Zuu.

—Papá, te trajeron esta correspondencia, creo que es algo de tu trabajo.

—Esperó que sea un buen aumento —comento su papá en forma de broma.

Zuu tomó la manguera para seguir regando las plantas. Justo antes de que su papá terminara de leer la carta exclamo en voz alta.

— ¡Esto sí que es buena noticia!

— ¿Qué pasó papá?, cuéntame…

—La empresa donde trabajo va a realizar un viaje con todos los empleados, tendremos el cincuenta por ciento de descuento, creo que nos conviene ir en familia para aprovechar esta oferta, como ves ¿sí te gustaría ir?

—Claro papá vamos… ¿oye puedo llevar a mi novio?

—¡No!…

—¡Papá!…

—Era broma, claro que sí hija, sabes que sí lo puedes llevar, tienes que avisarle lo más pronto porque es en quince días, deja le comento a tu mamá para organizarnos.

—Gracias papá, yo le aviso en la tarde verás que me va a decir que sí.

A Zuu se le noto la cara de felicidad porque le gustaba viajar y esta sería la primera vez que viajaba con su novio junto a sus papás, sin duda era una muy buena noticia para ella.

Mientras desayunaban su papá platico con la mamá de Zuu y la noticia también le agrado, sin duda fue un domingo sensacional.

—Zuu, si gustas dile a tu novio que vaya con nosotros, así sirve que nos vamos conociendo más. Coméntale y nos dices si se anima a ir con nosotros.

—Sí mamá, de hecho ya le comenté a mi papá que hoy mismo le voy a decir para qué igual se organice y vaya con nosotros... por cierto mi papá me había jugado una broma, diciéndome que no lo invitara.

—Ay hija, sabes que tu papá siempre hace bromas, sabes que a nosotros nos encanta verte feliz y ya sabes, claro que sí lo puedes invitar. Bueno, apúrate a desayunar porque me vas acompañar al súper por unas cosas.

—Sí claro... oye, ¿y podemos comprar una casa de campaña para instalarla en el bosque?

—Hija solo vamos a estar poco tiempo en Chiapas, en vez de comprar casa de campaña, ¿qué tal si te compro unas gafas para el sol?

—Ay mamá, si no tengo ojos azules, para qué quieres comprarme gafas.

—Está bien, no te los compro.

—Sí, mejor si cómpralos para que me vea más guapa de lo que ya estoy.

—Me alegra verte así, feliz y contenta, pero ya apúrate a desayunar porque se va a hacer tarde y tenemos que regresar lo más pronto posible.

El desayuno se prolongó entre platicas y sugerencias sobre cómo organizarse para el viaje, Zuu termino de desayunar y se puso a levantar la mesa mientras que sus papás salieron al jardín para continuar la plática de cosas que tenían pendientes, sin duda cuestiones familiares y de trabajo, ya que los papás de Zuu eran gente de mucho trabajo y dedicación a su familia.

Zuu, por su parte, estaba muy emocionada por el viaje, por unos instantes se imaginaba la cara que pondría su novio cuando le diera la noticia de viajar juntos con su familia. El día pasó volando muy rápido, ella había quedado de verse con Marcos a las seis de la tarde en el parque del pueblo donde vivía, entonces se apuró hacer lo que sus papás le habían encomendado, aparte de ayudar a sus papás en las labores de su casa, igual lavó su ropa y terminó su tarea.

Dieron las cinco de la tarde, y todavía le faltaba bañarse y arreglarse, se metió a su cuarto para ver qué ropa se iba a poner, tomó la toalla y se metió a bañar, en seguida las gotas de agua cayeron sobre su cuerpo y algunas gotas salpicaron las paredes decoradas con cerámica azul. Mientras se tallaba se imaginaba viajando y quería ya estar enfrente de su novio Marcos para darle la sorpresa, pero con orgullo de mujer bajo la intensidad de su ansiedad, se bañó tranquila y se arregló, hasta quedar muy guapa, sin duda como toda adolescente, pero con un toque de amor que se desbordaba porque sí estaba enamorada.

Cuando terminó de arreglarse salió de su cuarto ya con más prisa porque solo faltaban tres minutos para las cinco y para llegar al parque se hacía diez minutos en un paso moderado, entonces salió de su cuarto y pasó por el patio donde estaban sus papás para avisarles que ya se iba.

—Luego regreso, no me tardó.

—Está bien hija cuídate, no regreses muy noche.

—Claro que no, luego vengo, adiós.

Marcos había llegado a las seis de la tarde como habían acordado, se sentó en una banca del parque, apenas llevaba unos dos minutos de haber llegado cuando dos de sus amigos lo vieron y se acercaron para hacerle la plática, esto permitió que la espera no fuera tan ansiosa. Mientras charlaban miraba de reojo para ver si veía a Zuu, pero su linda novia no aparecía por ningún lado. Trató de enfocarse en la plática, las anécdotas de vivencias pasadas eran entretenidas, entre pláticas y risas el tiempo fue pasando, sus amigos comenzaron a tener una sonrisa, así como fuera de lo común y el los vio con asombro y desconcierto, en eso sintió unas manos suaves que le taparon los ojos, las manos olían a perfume, sin duda eran las manos de su novia Zuu, solo seguía escuchando las risas de sus amigos y ligeramente los suspiros de Zuu.

—Eres tú Zuu, yo lo sé.

—No, no es Zuu; es otra chica que te vamos a presentar.

Marcos trató de tocarla, pero ella se hacía para atrás y para los lados, de tal manera que fueron varios segundos hasta que por fin logró atraparla. Sin duda era su novia, la abrazo y la beso, el aroma a perfume y a champú hacía que ese beso se volviera muy tierno y sensual, luego abrazó a Zuu, la miró a los ojos y le dijo.

—Te amo Zuu.

—Yo también te amo Marcos.

—Vamos a sentarnos en aquella banca, quiero contarte algo.

—Sí vamos, esperó que sea algo bueno y no sea una mala noticia.

—Púes sí es mala noticia.

— ¿De verdad que es mala noticia?

—Claro que no, menso.

—Menos mal.

—A mi papá le dieron una invitación para que vayamos a un viaje a Chiapas y pues nos vamos a ir por unos días, ¿te gustaría ir con nosotros?

—Claro que sí, ¿cuándo va a ser ese viaje?

—Pues será en quince días, la verdad estoy muy emocionada porque me encanta viajar y más ahora que vas a ir con nosotros, creo que será genial. Mira, la verdad mi papá me sugirió que te invitara antes de que yo lo dijera que te iba a invitar y pues mi mamá igual estuvo de acuerdo.

—Sí vamos, mira tengo una casa de campaña, la llevo para que sea más emocionante.

— ¡Sí!, eso me encanta de ti que siempre estás muy entusiasmado, la verdad me gusta mucho tu forma de ser, estoy aprendiendo mucho de ti... te amo.

Zuu se lanzó a sus brazos y lo beso tiernamente, mientras que la noche comenzaba a caer y el parque se comenzaba a llenar de gente que andaban paseando, porque era un fin de semana realmente espectacular y era hora de salir de sus casas para distraerse un poco.

Pasaron cerca de dos horas entre platicas, caricias y sonrisas y además planeando todo sobre la expedición.

—Esperó y nos dejen dormir al aire libre, a mí me fascina ver las estrellas y más estando en un lugar así de bonito como lo es Chiapas.

—Verás que sí nos van a dejar, deja comentarle a mi papá, porque él dice que nos vamos a quedar en unas cabañas, porque eso es lo que incluye el paquete del viaje, quedarse en cabañas y hasta el desayuno lo van a incluir. Igual y podemos colocar las casas de campañas en el patio de la cabaña y así dormiremos afuera... (Si es que podemos dormir claro)

—Zuu, yo creo que estando a tu lado me la pasaré despierto toda la noche, sabes que te adoro y me siento bien estando contigo, es más, si te duermes yo velo por ti para cuidarte, no quiero que ningún lobo te devoré en la oscuridad.

—Ajá, ¿y si te conviertes en lobo y tú me devoras?...

—Bueno eso esperó. Convertirme en lobo para devorarte.

A ambos les dio risa está conversación que estaba a tono con el amor que sentían el uno al otro. Eran algo así como almas gemelas ella muy inocente pero centrada en lo que quería y él a pesar de que era mayor que ella, igual tenía ese ímpetu por ser muy divertido y amoroso, se despidieron con un dulce beso y en seguida la encaminó porque su mamá había pasado por ella, ya que como toda mamá cuidaba a su hija no de los lobos, pero sí de alguno que pudiera pasarse de listo...o tal vez la cuidaba porque simplemente era su mamá.

Los días pasaron muy rápido, pronto llego el día que tanto esperaban. Los camiones comenzaban a llegar uno a uno al centro del pueblo. Marcos llegó justo cuando la gente comenzaba abordar el primer autobús que estaba estacionado justo en frente de la iglesia, cuando vio que el autobús ya tenía pasajeros sospecho que su novia Zuu y sus papás ya estaban adentro, bajo su mochila y acomodó su suéter, que se había hecho de lado por la mochila que traía cargando, estaba a punto de subirse para ver si Zuu ya estaba adentro del autobús, cuando de pronto sintió que alguien le hacía cosquillas. Era su novia Zuu que justo iba llegando.

—Creí que ya estabas adentro del autobús.

—No corazón, justo acabamos de llegar, igual venimos de prisa porque se nos hizo tarde, toma mi mochila, voy a ver a mi mamá que fue a la tienda a comprar algunas cosas para el caminó.

Zuu caminó en dirección a sus papás, que estaban platicando con amigos y familiares, Marcos se sentó, bajo su mochila y trató de tener calma. La gente se comenzaba a subir en el siguiente autobús que estaba disponible.

—Ya vamos a subirnos al autobús que esta al fondo, dice mi mamá que ese ya está reservado para nosotros.

—No sabía que teníamos un autobús reservado exclusivo para nosotros

—Bueno, la empresa donde trabaja mi papá designó los boletos con el número de autobús, el dueño de la empresa es muy metódico y siempre toma en cuenta mucho los detalles y el orden.

—Es lo que veo, esperó y no tengamos que seguir un protocolo estricto para divertirnos cuando estemos en Chiapas.

—No te preocupes, y si hay protocolo, rompemos las reglas. Zuu se sentía en confianza y se notaba muy expresiva, era sin duda el amor que sentía por su novio Marcos y el amor por su familia, que era incondicional. Pláticas entre varias familias, amigos y conocidos se dejaban escuchar y la armonía que se sentía en esa madrugada era atractiva, todos con suéteres puestos porque la madrugada estaba fresca, solo pasaron pocos minutos cuando los autobuses comenzaron arrancar y se encaminaron con rumbo a Chiapas, un viaje que sin duda sería divertido.

Zuu y Marcos iban juntos en el mismo asiento, veían por la ventana mientras platicaban sonrientes los dos, a veces Zuu cantaba alunas canciones en tono un tanto bajito porque la mayoría de la gente que viajaba en ese autobús en el que iban eran mayores de edad y ella a sus dieciséis años se cohibía. El viaje era largo, a veces se recostaba en los brazos de Marcos y por instantes se quedaban dormidos los dos abrazados, otras veces más se ponían a contar chiste o se hacían cosquillas para divertirse, Zuu sabía que Marcos le daban muchas cosquillas por lo que tenía la forma de hacerlo reír.

Este viaje que hicieron fue una gran aventura. Montaron a caballo, viajaron en moto taxi, viajaron por el cañón del sumidero ... sin lugar a dudas el amor florecía cada vez más entre Azucena y Marcos.

De regreso pasaron a un pueblo que es muy visitado por turistas de todo el país y algunos extranjeros, el acuerdo fue que en este pueblo iban a detenerse para comer y de paso descansar, porque sin duda era un pueblo mágico, al llegar a este pueblo los autobuses se estacionaron en un parquecito que estaba al centro, las familias descendieron y cada quien buscó un lugar para pasar el rato.

Cuando llegó la hora de la comida habían acordado que comerían todos juntos, cada uno con su grupo de amigos o familiares, se fueron acomodando en un pequeño llano para comer, el cielo estaba totalmente despejado y el calor era intenso, los arboles favorecían a todos los turistas, el grupo de amigos donde pertenecía

Zuu y Marcos buscaron un lugar donde había tres árboles juntitos, la sombra que daban era suficiente para que pudieran comer todos tranquilamente, esta pareja de enamorados tomados de la mano buscaron un lugar para sentarse, Zuu soltó de la mano a Marcos para ir por los platos de comida que estaban sirviendo, porque habían decidido preparar carnes asadas. Entre risas y pláticas amenas cada quien fue degustando la exquisita comida

Zuu y Marcos se notaban un poco tímidos, Marcos trató de controlar la situación y se dispuso a comer con más naturalidad, su novia hizo lo mismo, los papás de Zuu estaban a una distancia de cinco metros, pero estaban en su plática de adultos con sus amigos y demás familiares, después de terminar de comer, decidieron explorar el lugar.

—Vamos a dar la vuelta, aquí ya está aburrida la plática de adultos.

—Sí, dile a tu mamá que regresamos en una media hora, vamos a cruzar el lago en lancha.

—Esperó que sí me deje ir a solas contigo.

—Tú dile, verás que sí te da permiso, ¿o quieres que le pida permiso? Así es más probable que te diga que sí.

—No, espera yo voy ahorita vengo.

Marcos, metió las manos en sus bolsillos y miró el lago que estaba a tan solo unos doscientos metros de donde se encontraba, alrededor del lago había muchos árboles, algunas casas de lámina zinc, niños, jóvenes y adultos que contemplaban la belleza de la naturaleza, las lanchas iban repletas de turistas que cruzaban el lago para visitar el pequeño pueblito que se encontraba del otro lado del lago, tan pronto como regreso Zuu de ir a pedir permiso se acercaron a la orilla del lago para subirse a una lancha.

—Mi mamá me dijo que sí podemos ir, ellos luego nos alcanzan del otro lado porque igual van a cruzar.

—Bueno entonces vámonos en la lancha que ya viene para acá, ven, vamos acercarnos para alcanzar lugar.

La lancha ligeramente se ladeaba porque venía llena de turistas, las sonrisas, las pláticas y el sonido del motor se notaron cuando ya estaba a unos metros por llegar a la orilla, el agua del lago hacía grandes ondas que se desvanecían a lo lejos, en la medida que iban descendiendo, igual ya había una fila para abordar en la cual estaban Zuu y Marcos.

—Dame tu mano Zuu, vamos hasta adelante.

Solo pasaron unos cinco minutos cuando la lancha emprendió su marcha para cruzar el lago. Era una distancia de medio kilómetros más o menos; en la medida que avanzaban les comenzó a pegar el viento en la cara, sin duda era lo máximo para ambos porque el clima, el paisaje y el viento hacía que el éxtasis de existir se hiciera más intenso, abrazados y entre suspiros por el momento inexplicable, disfrutaron del momento presente. Literalmente entre besos y caricias, ambos se demostraban amor porque en verdad sentían esa sensación maravillosa que surge desde lo más profundo del corazón.

Cuando llegaron del otro lado del lago se bajaron sin soltarse de las manos, voltearon a ver y del lado donde abordaron la lancha se veía gente sentada bajo los arbustos y árboles que lucían como si estuvieran en el "paraíso terrenal", los autobuses en los que viajaban igual se veían allá a lo lejos, ellos así tomados de las manos caminaron a la orilla del lago.

—Te amo Zuu, me encanta estar contigo.

—Yo también te amo, eres el amor de mi vida.

—Mira ese árbol, creo que es de almendras, vamos para allá.

—Está padrísimo, no había visto jamás un árbol de almendras, creo que mi mamá sí.

—En el pueblo donde nací si hay muchos árboles de almendras, canela, clavo y así, algún día te voy a llevar para que conozcas, los ríos son impresionantes, igual montar a caballo es genial.

—Ya párale porque con solo escucharte ya me emocioné, ya dijiste, me vas a llevar, a mí me gusta mucho ese estilo de vida, donde se está en contacto con la naturaleza.

—Vamos a pasear en bici taxi, mira, ahí viene uno.

El conductor de una bici taxi se detuvo tan pronto como Marcos le hizo la parada, traía una pequeña lonita de color amarilla que servía para hacer sombra, ambos se subieron y enseguida el conductor comenzó a pedalear y los llevó en un recorrido de aproximadamente media hora, ambos disfrutaban ese paseo romántico mientras cruzaban las calles. Las casas con jardines repletos de diferentes flores y arbustos en los patios, alguna gallina se cruzaban las calles por lo que era realmente divertido ver aquel pueblo, con estilo de rancho, llego de vegetación.

Llegaron a un parque donde disfrutaron de una cascada de agua que caía desde una pequeña montaña, este parque estaba ubicado justo a la salida del pueblo, iguanas grandes y chicas se deslizaban de los árboles, como presumiendo su libertad, vieron dos changos pequeños columpiarse de una rama del árbol que era como el centro de aquel hermoso parque.

Casi al final del parque vieron varios tucanes presumiendo sus picos grandes, se acercaron a tomar fotos y estos voltearon para abajo como tratando de posar para la cámara, todo sin duda estaba lleno de vida al igual que sus corazones al unísono con la naturaleza latía fuertemente mientras se besaban por el amor que se tenían el uno al otro.

Pasaron casi treinta minutos cuando Zuu reaccionó y se dio cuenta que sus papás los esperarían a la orilla del lago.

—Mis papás, les dije que solo íbamos a dar una vuelta, me han de estar buscando, vámonos por favor, por mí me quedaba aquí contigo, pero tenemos que irnos esperó y no estén enojados.

—Señor llévenos de regreso por favor, tenemos que regresar porque estamos de paso.

—Claro joven, con gustó —dijo el conductor del bici taxi, cuando gusten venir hay mucho por recorrer, les recomiendo que visiten un río pequeño que está como a tres kilómetros, la bici taxis llegan hasta allá, es muy apto para ir en pareja, de hecho, le llaman el río del amor.

—Wow, tenemos que visitarlo Zuu.

—Sí amor, claro, tenemos que venir otro día, le pides permiso a mis papás y venimos, creo que tenemos mucho por conocer, apenas llevamos tres meses de novios y siento que ya he vivido mucho contigo, tú siempre me haces la vida más fácil, te amo Marcos… acuérdate que me acabas de prometer llevarme al pueblo donde naciste, quiero montar a caballo.

—Claro que sí, verás que sí te voy a llevar, de hecho, por mí te llevaría a recorrer el "infinito", esperó y el tiempo nos alcance para amarnos, por toda la eternidad.

—Ahí está mi mamá, ¿nos bajamos aquí?

—Sí claro…aquí nos quedamos amigo, te cobras por favor.

—Claro joven cuando gusten por aquí los esperamos feliz regreso a casa.

—Gracias, un gustó conocerlo.

Los papás de Zuu ya estaban un poco preocupados porque ya tenía algo de tiempo que los buscaban y no se dieron cuenta que habían trepado en el bici taxi para dar un recorrido, después de probar algunos antojitos que se exhibían en una pequeña plaza se dirigieron nuevamente a la orilla del lago para volver a tomar la lancha que los llevaría a la otra orilla donde estaban estacionados los autobuses en los que viajaban, la pareja de enamorados trató de quedarse hasta atrás para hacer tiempo y así cruzar el lago sin que los papás de Zuu estuvieran abordo, así fue como lograron que sus papás se adelantaran y ellos esperaron la siguiente lancha que ya estaba de regreso desde el otro lado del lago.

Cuando se subieron se dieron cuenta que todos los turistas ya se estaban subiendo a los autobuses, los papás de Zuu les hicieron señas con la mano que los esperarían en el autobús, Zuu respondió igual con la mano que allá llegaban, mientras que la lancha comenzó el recorrido sobre el agua que estaba agitada por el ir y venir de las lanchas.

Tomados de las manos y con una sonrisa que reflejaba el amor que sentían, cruzaron aquel lago con varios turistas desconocidos, el tiempo se les pasó volando, porque cuando el amor florece los minutos se deshacen entre el cariño que se le tiene a la persona que ámanos.

Después de que descendieron de la lancha color verde limón, se encaminaron ya a prisa al autobús donde estaban los papás, amigos y demás familiares de Zuu, apenas les dio tiempo subirse cuando el conductor del autobús metió la llave para girarla y arrancar el motor, el autobús comenzó a vibrar por la intensidad del motor, las parejas de enamorados se sentaron juntos, así como venían y a los pocos minutos comenzaron a viajar ya con rumbo a casa.

La tarde comenzaba a caer, el cielo azul lucía espectacular, totalmente despejado de tal manera que era irresistible de suspirar y más cuando estas a lado de tu amor, que te mira con cariño y amor profundo, si a esto añadimos la vegetación, las montañas y aves que vuelan en el espacio, sin duda es, por decirlo de algún modo, el viaje más romántico y atractivo tanto para la pareja, como para el resto de los turistas que iban en ese autobús y los demás autobuses que cada vez más aceleraban el paso.

Los señalamientos viales comenzaron a aparecer indicando que estaban punto de entrar a la autopista, la tarde comenzó a caer. Todos los que venían en el autobús se quedaron dormidos, entre ellos la pareja de enamorados: cuando el autobús se zangoloteaba por la velocidad en la que venía, a los pasajeros les servía para que se sintieran arrullados y sin duda esa siesta cada vez se hizo más placentera.

Cuando llegaron a su destino, Zuu y Marcos se despidieron con un beso tierno y lleno de amor cuando descendieron del autobús, a pesar de la siesta en el autobús aún se notaban cansados, ambos con mochilas al hombro caminaron unos cuantos metros juntos mientras que los papás de Zuu se despedían del resto de familiares y amigos.

Tus ojos dejaron de verme

En una universidad muy destacada se hacia la invitación al público en general a un ciclo de conferencias con ponentes destacados de fama mundial, Marcos se enteró por los anuncios constantes en la radio y decidió ir a la universidad para pedir más detalles de las conferencias. Viajó unos cuarenta minutos aproximadamente hasta llegar a dicha universidad, faltaban cinco días para el evento por lo que alumnos de distintos planteles estaban llegando a pedir informes, igual llegaban empresarios, catedráticos y demás personas interesadas. Eran un promedio de diez conferencias que se iban a impartir en un solo día, con diferentes ponentes, por lo que la demanda sí era mucha y más porque los boletos estaban en un precio muy considerable como para perderse una capacitación de este rango.

—Camine al fondo a la derecha le pueden dar informes. —Dijo la chica que estaba en la entrada del plantel.

—Gracias.

Marcos fijo su mirada en una joven que vestía un overol de mezclilla color azul marino, su cabello era corto, caminó a paso lento mirando los salones de clases por donde pasaba. Marcos iba como a unos tres metros detrás de ella, no es porque la estuviera siguiendo si no porque él igual iba a pedir informes sobre las conferencias. Sin duda cuando la vio caminar le llamo la atención y sintió como si la conociera por sus cabellos cortos y por lo guapa que lucía, pero solo fue un pequeño presentimiento, no sabía sí era una chica que conocía. Mientras caminaba, ella se tocó una pierna lentamente al parecer quería cerciorarse si traía su cartera o tal vez sus llaves, el caso es que este movimiento hizo que Marcos la mirara más, pero ella ya estaba llegando al lugar donde daban informes y algunos alumnos comenzaban a salir de los salones.

Pasaron varios minutos luego de ser atendido por una señorita en uno de los módulos de información, enseguida se retiró con un folleto en mano y caminó por el pasillo que lo conduciría a la salida. Como si el destino lo empujara hacia Ximena (la chica del overol azul), justo al pasar por la caseta donde estaba el vigilante de la universidad, la chica que le había impresionado cuando entró estaba igual saliendo y casi al mismo tiempo se miraron a los ojos.

—Hola Ximena, que coincidencia verte aquí.

—Hola Marcos... vine por mi boleto para asistir a una conferencia que me interesa. ¿Y tú qué haces aquí?

—Pues igual que tú vine por mi boleto, igual me interesa este tipo de conferencias, siempre es bueno prepararse.

— ¿Quieres acompañarme al camión?, tengo que regresar pronto a casa porque tengo mucha tarea pendiente.

—Pues nos vamos juntos yo igual ya me voy a casa.

Caminaron cinco cuadras hasta llegar a la terminal de los camiones que los llevaría a casa, la amistad fue incrementando a pesar de que solo se conocían desde años, luego de que Ximena se fue del país, no hubo forma de tratarla más, pero cuando los destinos te ponen a la persona que llegas amar, no importa a donde vayas ni donde te escondas sin duda siempre llega el momento para el encuentro o reencuentro.

—Platícame cómo te fue en tu viaje, creo que te fuiste por tres años —dijo Marcos.

—Pues tomé lo bueno del viaje, en realidad era más un sueño de mi madre que mío, ella me motivó para irme de viaje, justo acabé la secundaria y me dijo que me fuera para que allá estudiara la prepa, le dije que me gustará más estudiar aquí, pero ella insistió y traté de cumplirle su deseo.

Allá en el colegio son muy estrictos, tienen una disciplina muy metódica y rigurosa, pero eso me hizo ver la vida de diferente manera, creo que la disciplina te ayuda mucho a madurar. Esperó y no aburrirte con mi historia, si gustas otro día te platico más a detalle.

—Por mí no te preocupes, claro que no me aburre, al contrario, me gusta escucharte

— ¿De verdad? qué lindo eres. Bueno pues por dónde empiezo… mira teníamos que pararnos a las cinco de la mañana, nos daban quince minutos para bañarnos y quince minutos para arreglarnos, a las cinco y media ya teníamos que estar en el comedor para desayunar. Está disciplina no era extraña para mí porque igual cuando iba a la secundaria me paraba a esa hora, lo extraño era la comida, siempre le faltaba algo, era como desabrida, o tenía mucha sal; el caso es que siempre tenía que faltarle o sobrarle algo y más si se daban cuenta que no te gustaba.

Tenías que fingir que te gustaba porque si no te daban doble ración y tenías que acabarlo. Los del colegio, por ser parte de una congregación religiosa, argumentaban que la comida que se desperdiciaba a mucha gente le hace falta y por eso a los principiantes los obligaban a comer lo que había en la mesa, con el paso del tiempo las cosas en el desayuno y la comida fueron cambiando, porque se supone que ya estabas consciente de la pobreza y los sacrificios que se tienen qué hacer para ganar indulgencias.

Te concientizaban para que pudieras llevar una vida responsable y de buenos valores en la vida cotidiana, poco a poco me fui acostumbrando. Me enseñaron a trabajar el campo, a veces íbamos a cortar elotes o jitomate, por cierto, a mí me gusta comer jitomate crudo, si quieres luego nos comemos un jitomate crudo, veras que sabe rico, además de que contiene muchos nutrientes.

—Bueno está bien, en realidad a mí no me gusta comer jitomate crudo, pero lo intentaré.

—Pues ahora que eres mi amigo tendrás que aprender la disciplina a la que me sometieron. —Ambos se rieron porque sin duda era una broma lo que Ximena decía—Bueno es broma no te asustes, y pues después de vivir allá en el colegio tres años regrese muy diferente, si te das cuenta casi no tengo amigas me llevo más con hombres que con mujeres, siento que me falta mucho por vivir, estar encerrada en ese colegio me consumió mucho tiempo y siento que me perdí de mucho.

Yo ya hablé mucho creo que ahora te toca a ti contarme algo de ti, yo recuerdo que te vi cuando estaban construyendo la casa de mi mamá, pero en ese entonces no nos hicimos amigos, creo que tú te cohibías para hacerme la plática, además de que yo era muy chica solo tenía trece años.

—Pues qué te digo, yo trabajo y me gusta asistir a eventos culturales, los días de campo en grupo me fascinan y yo sí tengo varias amigas y amigos, me gusta bailar y los domingos me gusta ir a misa. Es parte de lo que soy, creo que no hay mucho que contarte, porque yo no he estado en un colegio donde te disciplinan hasta morir.

—Bueno no exageres, no es hasta morir, pero si es disciplina muy dura... Oye es interesante tu vida, me gusta cómo vives, esperó y seamos buenos amigos, necesito rodearme de gente buena que le gusta la buena vida.

—A mí también me caes bien y claro que si a partir de hoy somos amigos.

El camión ya estaba llegando a la parada donde tenían que bajarse, ambos se veían muy entusiasmados, la amistad florecía de manera natural, al bajarse caminaron varias cuadras con sus interminables pláticas, cuando se despidieron quedaron las emociones, los sonidos de las palabras que se habían dicho, historias que hacían volar la imaginación. Marcos por un instante se olvidó que tenía novia y le pasaba un ligero deseo de pedirle a Ximena que sea su novia, pero casi al instante se le vino a la mente a Zuu, entonces quitó su atención del amor por Ximena y recordó los momentos bonitos que había pasado a lado de su novia.

—Ximena es muy linda y me cae muy bien, esperó que se encuentre a un chico que la haga muy feliz.

Marcos no tenía ni un solo pensamiento para dejar a su novia por su amiga, le quedaba claro que había una diferencia entre el amor y la amistad, así siguió por varios días, se veían para dar la vuelta y tomarse un café, le platicaba que andaba con Zuu, pero a Ximena casi no le daba importancia el hecho de que Marcos tuviera novia, sin duda a Ximena igual le quedaba claro que Marcos solo era su amigo.

Una bonita amistad que poco a poco fue creciendo, en los ojos de Ximena se notaba la tranquilidad y la dicha cuando estaba con su amigo Marcos... Su mejor amigo, así le decía. Los días transcurrieron pronto y la fecha de la conferencia a la que acudirían se llegó. Por las actividades de Marcos y las tareas de la escuela que tenía Ximena, no les dio tiempo de ponerse de acuerdo para ir a la conferencia juntos, de hecho, Ximena sabía que Marcos iba a ir acompañado con su novia, Zuu, pero sin duda alguna si tuvieran los medios digitales y telefónicos para comunicarse (como ahora), seguramente Ximena le iba a decir que iba con ellos.

El cariño que sentían ambos era puro y sin malicia, ella lo veía como a un hermano, pero Marcos ya estaba sintiendo algo más que amistad. Trataba de no darle importancia y tampoco quería cambiar sus sentimientos por Zuu, pero sí sentía cierta atracción por la forma en que lo trataba, a veces lo tomaba de la mano aún sin ser novios, era un tanto atrevida, no en el sentido de insinuarle algo distinto más que cariño puro.

El día de la conferencia, Marcos esperó a su novia Zuu en la parada del autobús que los llevaría hasta la universidad donde iban acudir a la conferencia.

—Hola Marcos, vengo con unos amigos que coincidimos, ellos igual van a la conferencia, les dije que me acompañaran hasta aquí para ir juntos.

—Qué bueno, yo justo acabo de llegar, vamos a tomar el autobús, ya viene, si no nos vamos en este vamos a llegar tarde.

Marcos no le comento nada a Zuu de su amiga Ximena, no tenía idea si alguna vez los había visto platicar con ella, tampoco sabía cómo lo tomaría al ver la forma en que se llevaban, pero le dio gustó el hecho de que Zuu coincidiera con sus amigos, así no habría problemas con el hecho de que la presentara con Ximena.

Cuando llegaron a la universidad, la fila para entrar a la sala de conferencias era muy larga, por lo que se formaron y esperaron varios minutos hasta que por fin lograron entrar, las butacas estaban acomodadas en media luna, buscaron un lugar que les gustó y se sentaron Marcos, su novia Zuu y los demás amigos.

La conferencia dio inicio, Marcos más que concentrarse veía ligeramente a los lados para ver si ya había llegado su amiga, algo ya empezaba a pasar en él. Su novia ya no era el centro de su total atención, ella tal vez no lo notaba, porque cuando iban en algún evento importante por lo regular lo notaba distante, a veces tomando notas y poniendo atención a lo que estaba aconteciendo, tal vez por eso Zuu igual se enfocó a sus amigos.

Una persona que estaba al final de la fila de butacas, se cambió de lugar y Zuu con sus amigos se recorrieron, Marcos se percató cuando ya se habían recorrido por lo que quedo un asiento libre entre Zuu y Marcos, los celos llegaron a su mente, se sintió incomodo porque les estaba prestando más atención a sus amigos, por lo regular no mostraba celos el tiempo que llevaban de novios, se podría decir que no era celoso y en está ocasión, aunque sintió celos, pero no lo demostró. Cuando Zuu volteó para verlo le sonrió y siguió así sentado a la distancia, ni el hizo el esfuerzo por moverse y sentarse junto a su novia, ni Zuu se acercó.

Los minutos pasaban y él siguió con la misma postura, a veces ponía toda su atención en la conferencia y a veces ligeramente pasaba su mirada entre los asistentes como buscando a alguien. Se froto la cara ligeramente tratando de controlar su ansiedad y en vez de arrimarse junto a su novia se mantuvo así en la pequeña distancia o "relativa" distancia, porque a veces son las cosas más pequeñas, los gestos más pequeños los que pueden influir más en una relación de amor.

El expositor estaba dando lo mejor que traía para motivar e instruir a su audiencia, de pronto Marcos sintió como si alguien lo estuviera mirando. Cuando volteó a ver, sintió un nudo en la garganta: era su amiga Ximena que estaba buscando donde sentarse, ella iba a acompañada de su mamá. Estaban del otro lado del auditorio, en esa área había lugares disponibles por lo que creyó que la iba a saludar hasta el receso que estaba programado.

Pero Ximena al parecer estaba en sincronía con Marcos, porque a los pocos minutos que se sentó comenzó a voltear para los lados igual como buscando a alguien, Marcos se dio cuenta y miró para donde estaba sin lograr que ambos se miraran. No tardó ni cinco minutos cuando ambos coincidieron en la mirada, sonrieron ala distancia y Ximena alzó la mano para decirle "hola" y enseguida se vio que conversó con su mamá. Marcos sospechó que tal vez le comentaba que su amigo estaba ahí del otro lado del auditorio, pero lo que pasó fue que después de esta conversación con su mamá Ximena se paró de la butaca y comenzó a caminar en dirección donde estaba Marcos.

La emoción, la alegría y el cariño que sentía por su amiga comenzó a sentirse por todo su cuerpo, volteó a ver a su novia Zuu, pero ella estaba muy entretenida comentando sobre la conferencia, porque el expositor daba intervalos para comentar entre sí sobre el tema, quería recorrerse para estar junto a su novia y dejar libre la butaca donde él estaba para que Ximena se sentara, pero apenas lo pensó cuando escuchó a Ximena decir.

—Hola Marcos —Él se iba a parar para saludarla y darle un beso en la mejilla, pero ella lo detuvo.

—No te pares, así está bien.

Y al instante ella se sentó en el lugar disponible, al sentarse ella le dio un beso en la mejilla y ligeramente recostó su cabeza sobre su hombro, como mostrándole todo el cariño que le tenía.

Ahora Zuu estaba junto a Jimena, en vez de estar junto a su novio Marcos, Zuu se pasó del otro lado porque seguramente se sintió incomoda, cuando llego el momento para un receso Ximena se fue con su mamá y Marcos trató de incorporarse con su novia, pero ella antes de que la alcanzara se fue con sus amigos como mostrando enojo por la atención que le ponía a su amiga, entonces Marcos decidió saludar a algunos amigos para no sentirse mal por lo que estaba pasando.

En el auditorio había una especie de kermeses para recaudar fondos para la universidad, por lo que había varios bocadillos de las cuales se podían comprar, Marcos y los amigos a los que saludó decidieron dar la vuelta para ver qué es lo que les apetecía más y así comprarse algo para comer. Mientras pasaban por los diferentes puestos de comida, se encontraban con más amigos y conocidos que por unos instantes se detenían a saludar.

A lo lejos estaba Zuu con sus amigos y a veces miraba a Marcos y veía que su comportamiento era un tanto indiferente con ella, porque lo veía felizmente platicando con sus amigos, como si no le importaba lo que ella sentía, pero en el fondo Marcos se sentía incómodo porque a pesar de saber que Ximena solo era su amiga, de alguna manera sentía que Zuu mal interpretaría su actitud y justo porque este día no andaban muy cariñosos.

Días anteriores a la fecha de la conferencia, Marcos se imaginaba que iba a ir tomado de la mano con su novia y así se la presentaría a su amiga Ximena sin que Zuu sintiera celos, pero las cosas no siempre se dan como se piensan, creo que a todos nos pasa que intentamos que nuestras relaciones sean una maravilla y resultan ser a veces un poco complicadas como era el caso de esta pareja de enamorados.

Los minutos pasaron y la hora de retomar la siguiente conferencia se llegó. Justo cuando Marcos se dirigía en dirección donde estaba su novia, Ximena le interceptó el paso y le dijo que ella y su mamá tenían que retirarse por un compromiso familiar.

— ¿Me acompañas a ver los libros? —dijo Ximena.

—Sí claro, vamos.

Parece que siempre había motivos para estar juntos, por lo menos a partir de este evento comenzaron a encariñarse más, sin duda era una bonita amistad, Ximena lo veía como un hermano o tal vez como un padre. Dicen los psicólogos que el cariño que nos faltó de papá es el que buscamos en un amigo, en un novio y finalmente en un esposo, en el caso de las mujeres y viceversa en el caso de los hombres.

Cuando cayó la tarde, las cosas entre Marcos y su novia Zuu habían cambiado un poco, salieron juntos tomados de la mano, con cierta indiferencia por parte de Zuu, subieron al autobús que los llevó de regreso y durante el caminó Zuu trató de mostrar cariño. Por un instante trató de no darle importancia a lo que había pasado, aunque en realidad ese día marcó un desenlace de ruptura en esta relación amorosa con su novio.

Los días siguientes a este evento ya nada volvió a ser igual para esta relación amorosa. Marcos se veía más seguido con su amiga Ximena y como si el destino sincronizara todo a favor de ellos, en la semana siguiente de la conferencia se convocó a un grupo de jóvenes para realizar un proyecto cultural donde tenía que haber un grupo que se encargara de dirigir dicho proyecto.

A Marcos le gustaba participar y aportar su tiempo disponible para cosas altruistas para cualquier proyecto que tuviera que ver con el bienestar social y, para suerte de ambos, Ximena igual tenía los mismos gustos. En el colegio donde estudió le habían inculcado la importancia de servir a los demás, pero Marcos no sabía si ella igual se había enterado de esta convocatoria, cuando llego a la reunión se dio cuenta que no solo había acudido si no que ya formaba parte de este grupo desde que se hizo la convocatoria.

La información se llevó a cabo y eligieron al grupo que iba a estar a cargo para llevar a cabo todas las actividades culturales, Marcos y Ximena quedaron en el grupo que encabezaría todas las actividades, por lo que en la semana se tenían que ver por lo menos tres veces y si a esto le agregamos que se caían bien, que sentían un cariño muy bonito y coincidían en muchas formas de ver la vida; sin duda lo que vendría después era muy obvio.

Marcos se había comprado una guitarra porque le gustaba tocar y tener una guitarra era sin duda la mejor manera para poder aprender algo nuevo, se integró en un grupo de amigos que igual tocaban y en una ocasión que fueron a dejar serenata, pasó a visitar a su amiga Ximena y al verlo con la guitarra le comento que ella igual tenia gustó por tocar, que de hecho sabia tocar y cantar, eso le conmovió aún más a Marcos, eran muchas cosas y muchos motivos que los hacían estar juntos, después de las reuniones culturales que tenían a veces la iba a dejar a su casa y platicaban muchas anécdotas vividas.

La confianza que se tenían era mutua y Marcos prestaba mucha atención cuando Ximena le contaba sus problemas familiares, pero también le contaba su forma de ver la vida y como le estaba yendo en la universidad, porque Ximena llevaba pocos días que se había integrado a la universidad para estudiar medicina.

En una ocasión, Ximena y sus amigas habían quedado en reunirse para ensayar porque tenían planeado llevar serenata a una de sus amigas de la universidad, pero les hacía falta una guitarra, por lo que no dudo en decirle a Marcos que les prestara su guitarra, Marcos no dudo en decirle que sí, de hecho, se la llevo a su casa. Pasaron los días y en ese lapso no habían tenido ninguna reunión por lo que no se veían, entonces Ximena decidió irlo a buscar a las oficinas donde solían reunirse para ver si por algún motivó andaba por ahí, le pregunto a varios de sus compañeros, pero no sabían dónde andaba. Ximena había salido con dirección a su casa cuando encontró a Zuu, como sabía que era su novia igual a ella le preguntó por Marcos, pero le dijo que tampoco lo había visto. Entonces regreso a su casa, tenía que esperar hasta la siguiente semana para devolverle la guitarra a Marcos.

Al día siguiente Marcos quedo de verse con su novia Zuu, él no sabía lo que estaba pasando, no sabía que su amiga lo fue a buscar, por lo que cuando se encontró con su novia, se notaba tranquilo como siempre, Zuu estaba seria, algo indiferente, pero Marcos no sabía el motivo.

Eran las ocho de la noche. Las últimas noches de otoño, el cielo estaba totalmente despejado y la luna redonda fue testigo de esta triste ruptura, se encontraban en una calle que da a las afueras de la ciudad, la única luz que les daba era la luz que emitía la luna redonda.

Marcos no iba con la intención de terminar con su novia y quizá el reclamo de su novia tampoco era con la intención de que terminaran, pero Marcos aprovechó este reclamo para terminar con su novia, porque según él era para no hacerle daño, de alguna manera ya se estaba enamorando de su amiga Ximena, pero su relación con Zuu, estaba bien. No era como para terminar con ella, es verdad que sí tenían algunos disgustos, pero era algo así como en todas las relaciones de noviazgo, a veces se enojan, pero sin llegar a la ruptura. Entonces Marcos lo que menos quería era engañarla temía que las cosas entre él y su amiga llegaran a más aun siendo novio de Zuu.

Pero este día no llevaba nada en mente, así como para terminarla, lo trágico se dio cuando ella hizo un comentario, sobre lo que había pasado el día anterior cuando Ximena fue a buscarlo.

—Ayer te andaban buscando.

— ¿Quién me andaba buscando?

—No sé, ¿con quién quedaste de verte?

—Ah, sí era Ximena ¿cierto?... pero no quede de verme con ella, ¿sabes si llevaba mi guitarra?, tal vez era por eso por lo cual pregunto por mí.

—Pues yo no sé con quién quedas de verte.

El corazón de Marcos sintió que se le hinchaba, en ese momento sintió que era la oportunidad para decirle que mejor terminaran, se quedó en silencio buscando algunas palabras que no lastimaran a su novia, vio la luna que era inmensa y por un instante no sabía si decirle que terminaran o abrazarla. Tenía la consciencia dividida, por una parte, el cariño que sentía por su amiga Ximena y por otra el amor que sentía por su novia Zuu, hizo un esfuerzo para desatar el nudo que sentía en su garganta.

—Zuu...

—¿Qué?

—No sé cómo explicártelo todo, pero creo que será mejor que terminemos... no me gusta que me reclamen nada, yo solo ando contigo, creo que estas mal interpretando todo, ya no me siento bien contigo.

—Tú también ya no eres el mismo conmigo y no te estoy reclamando nada, pero igual haces cosas que no me gustan, a veces en lugar de sentirme bien contigo me siento mal, si quieres terminar está bien, terminemos.

—Mira, yo sé que puede ser difícil pero igual y si quedamos como amigos tal vez nos ayude a no sentirnos mal.

— ¡No! yo no voy a ser tu amiga. Se feliz con la que tú quieras, adiós.

— ¡Espera Zuu!...

Marcos intento seguirla, dio algunos pasos y quería correr para alcanzarla, pero creyó que era lo mejor, se agarró la cabeza con las dos manos, como arrepintiéndose de lo que había hecho.

— ¿¡Qué hice!? Se preguntó mientras que volteó para ver la luna, al mismo tiempo que no daba crédito por la decisión tal vez inconsciente que había tomado, pero trató de incorporarse sin saber cómo se sentía su, ya ex novia, Zuu.

—Espero y lo supere pronto, ella no merece sufrir, pero tenía que decirle que me estoy enamorando de Ximena.

Tenía su bicicleta a lado y sin más demora se subió y comenzó a pedalear, trató de acelerar como tratando de que el tiempo pasara rápido. Como tratando que lo que había pasado no lastimara a Zuu, pero era quizá un sentir un tanto estúpido porque Zuu en verdad lo amaba, hasta este momento Marcos no sabía que él fue su primer amor.

Zuu no le había dicho que era su primer novio porque Marcos era años más grande que ella y de alguna manera ella no quería decirle que era inexperta en el amor. No porque la experiencia se requiera para amar, pero a sus dieciséis años Zuu tenía sus motivos para no decirle que fue la primera persona que beso. La primera persona de la cual se enamoró.

Marcos sentía un alivio por haber terminado con Zuu, según él sin lastimarla tanto, creyó que si terminara cuando ya estuviera más enamorado de Ximena tal vez le dolería más, pero para Zuu, el golpe emocional era muy doloroso. Pero Marcos no lo supo hasta dieciséis años después, por lo tanto, Marcos lo más que deseaba era que no le doliera, porque sí la quería, tal vez no tanto como comenzaba a querer a Ximena, tal vez no lo suficiente como suele pasar en estas complicadas y a la vez hermosas relaciones de amor.

Ximena siguió mostrando el mismo cariño de amistad por Marcos, cada vez que se veían lo trataba con mucho cariño, se reían, trabajaban juntos en las actividades culturales, sin darse cuenta que Marcos ya estaba perdidamente enamorado de ella.

Marcos buscaba la manera para declararle su amor y decirle que la amaba, pero se cohibía y tuvo muchas oportunidades que dejó pasar, ya habían pasado tres meses que él la amaba en silencio. Pero su amor era tal que un día decidió romper el silencio. Después de que salieron de un evento reunió todo el valor para pedirle que fuera su novia.

—Vamos a sentarnos en una banca del parque quiero confesarte algo.

—Sí claro vamos, ayúdame con mi mochila, es que no acomodé bien mis cosas.

—Yo llevo tu mochila, ahí en la banca podrás acomodar bien tus cosas.

—Sí, pero dime qué me vas a confesar, esperó y no sea algo malo.

A Marcos se le hizo un nudo en la garganta, era un tanto tímido y por el momento no sabía cómo decirle, tal vez porque estaba enamorado de ella y temía que no le correspondiera como quería.

—Bueno no es algo malo.

—Entonces dime, te escucho —dijo esto mientras acomodaba sus cosas en la mochila, algunas libretas las puso en la banca, permaneció en silencio esperando a que Marcos hablara, pero el silencio se prolongó.

—A ver Marcos, tú y yo somos amigos, sabes que te aprecio ¿por qué no me tienes confianza y me dices de una vez lo que tengas que decirme?

—Bueno… en realidad me gustas mucho y quería pedirte que fueras mi novia.

— ¡No puede ser!, voy a perder otro amigo más, ¿por qué todos mis amigos se fijan en mí?

—¿Por qué dices eso no entiendo?, ¿qué tiene de malo pedirte que seas mi novia, si me gustas?

—Es que ya son varios de mis amigos que se enamoran de mí y como no les correspondo me dejan de hablar y a ti no te quiero perder, tú eres mi mejor amigo, ¿porque te enamoraste de mí? yo te quiero mucho, te aprecio mucho, pero solo como amigo, eres como mi hermano, además tú tienes novia y no es justo que le hagas esto, ella se ve que te quiere mucho.

—Ya no es mi novia, ya terminamos.

—No me digas que terminaste con ella por mí, si fue por mi regresa con ella, porque yo solo te quiero como amigos y de verdad no me gustaría perder tu amistad.

—Yo no terminé con ella por ti y claro que no me vas a perder, si tú no quieres ser mi novia lo entiendo, yo seguiré siendo tu amigo.

Para Marcos fue como si le hubieran echado una cubeta de agua fría, tuvo que decirle que terminó con Zuu porque la relación ya no funcionaba, aunque en realidad sí era porque quería iniciar una relación con Ximena, se quedó atónito por cómo tomó esta declaración su amiga de la cual se enamoró. Ximena se sintió aliviada al saber que no iba a perder su mejor amigo y Marcos muy sorprendido, porque estaba seguro que Ximena si le correspondería, sin duda confundió el cariño de amistad con el amor que sentía, pero a la vez se sentía aliviado porque por fin pudo decirle lo que sentía.

—Bueno Marcos de verdad discúlpame creo que te ilusione, esperó y me entiendas, perdón, pero no puedo corresponderte como quisiera traigo muchas cosas en la cabeza y por ahora no quiero saber nada de tener novio, por favor no te enojes conmigo.

—No te preocupes yo entiendo, haz de cuenta que no te dije nada, mejor cambiemos de tema.

—Está bien, ¿me vas a dejar a mi casa? sirve que seguimos platicando en el camino.

—Si claro vamos, dame tu mochila, yo la llevo.

—Sí, gracias.

Se pararon de la banca donde estaban sentados, bajaron del parque y se dirigieron camino a casa de Ximena, la tarde estaba cayendo y Marcos se sentía un poco triste con ganas de llorar. En el fondo no le pareció justo que la chica de la cual se enamoró no le pudiera corresponder, su único consuelo era que seguirían siendo amigos, amistad que su ex novia Zuu había rechazado por el amor que sentía por él.

Cuando llegaron a casa de Ximena, se despidieron dándose un abrazo entre suspiros y esa sensación de amor puro y natural por parte de él y la amistad de su amiga que era sincera.

Marcos se fue a casa sin nada de lo que él esperaba. Había terminado con su novia y el amor que esperaba simplemente no fue posible, como si intuyera lo que más adelante pasaría, por ningún momento le pasó en la cabeza el regresar y pedirle a su ex que volvieran. Más bien se mantuvo al margen de lo que pasó, se siguieron viendo en los eventos.

En los ojos de Marcos se notaba alegría sin saber que en el fondo le dolía no ser correspondido, cuando veía a Ximena creía que en verdad se sentía bien con solo su amistad, jamás imagino que igual Ximena estaba enamorada solo que no lo admitía, tal vez porque quería estar concentrada en sus estudios. Cuando Marcos se encontraba con Zuu, lo único que hacía era sonreírle y decirle.

—Hola Zuu, a lo que ella contestaba así de simple.

—Hola Marcos.

Hasta este momento Marcos no se imaginaba todo el dolor y la decepción que sentía Azucena, hasta años después le confesó que cuando lo veía le daban ganas de abrazarlo, pero se lo guardaba porque creía que Marcos era feliz con Ximena sin saber que aún no eran novios.

Pasaron varias semanas, cuando se les ocurrió ir algún lugar solitario a meditar, porque entre tantas cosas que coincidían con su amiga Ximena estaban la de estar en contacto con la naturaleza, sobre todo estar en silencio, escuchar las aves y cosas así que embellecen la vida.

En una ocasión después de salir de un evento cultural, se fueron juntos caminando a casa de Ximena, esto pasaba con frecuencia porque esa relación de amistad era muy bonita. Algunos familiares muy cercanos de Ximena le decían. "Tú y Marcos hacen bonita pareja, parecen novios". Ximena no decía nada al respecto solo cambiaba la conversación, de aluna manera, aunque quería mucho a su amigo Marcos, pero como que se resistía a sentir algo más, o tal vez ya sentía más que amistad y no lo quería aceptar.

En está ocasión cuando llegaron a casa de Ximena, antes de despedirse, Ximena le dijo a Marcos que le gustaría que salieran juntos a dar un paseo por las afueras de la ciudad, así como un día de campo.

—Hemos tenido mucho trabajo, la verdad estoy algo estresada, si quieres el próximo domingo vamos acampar tu y yo en algún lugar que tu conozcas.

Esta iniciativa de Ximena era lo más agradable que podía escuchar Marcos, porque la seguía amando y cada día que pasaba el amor creía más y más.

—Si gustas vamos a un cerro que conozco, el autobús nos deja cerca, vamos a caminar como media hora, a mí me gusta mucho el amanecer si quieres nos vamos a las cinco de la mañana a esa hora ya hay transporte y así llegamos justo cuando este por amanecer.

—Claro Marcos eso me agrada, vienes por mi antes de la cinco, te estaré esperando.

—Sí, ¿te parece si vengo veinte para las cinco? así tomamos el primer autobús que pasa.

—Claro aquí te espero.

Después de que se despidió, Marcos se fue a su casa lleno de emoción, aunque no sabía que Ximena ya estaba enamorada igual que él, pero se sentía muy contento estar junto a su amor imposible, imposible hasta el momento.

Marcos por lo regular no usaba despertador porque tenía el hábito de pararse a las siete de la mañana todos los días, porque entraba a trabajar a las nueve de la mañana, pero en esta ocasión para despertar a tiempo si necesitaba de un despertador. Cuando llego a su casa tomó su cartera que había olvidado cuando salió en la mañana y se fue a comprar un despertador, mientras caminaba iba muy emocionado. Tal vez intuía que algo lindo pasaría en aquella madrugada cuando estuviera junto a la chica que amaba. Las horas pasaron volando y el día domingo llegó como de "rayo", de hecho, el sábado por la noche, Marcos tomó el despertador y lo activó para que sonara justo a las cuatro de la madrugada, por ningún motivo quería llegar tarde a casa de su amor imposible.

Cuando sonó el despertador Marcos se paró, se metió al baño a lavarse la cara, se puso su suéter, se amarró las agujetas de sus tenis y en seguida se encaminó rumbo a casa de Ximena. La luna se veía solo un pedacito ya a punto de meterse ahí en las montañas que se veían a lo lejos, la madrugada estaba fresca, un ligero viento le daba en su rostro y él caminaba a paso firme, no tenía reloj, pero sabía que estaba a tiempo.

Cuando llegó a casa de Ximena se paró en el zaguán blanco y dudó en tocar porque creyó que tal vez faltaban varios minutos para la hora acordada, ya que cuando se paró se dispuso a irse a toda prisa, pero rompió la duda en un instante y tocó tres veces... como si los dos estuvieran ansiosos justo después de tocar se movió el zaguán cuando Ximena abrió la puerta.

—Ya te estaba esperando, pero regrese por un suéter —dijo Ximena.

— ¿Llegué tarde?

—No, pero yo siempre estoy antes de la hora acordada.

Ximena se había acostumbrado a ser muy puntual y metódica, después de jalar la puerta del zaguán caminaron en dirección a la parada del transporte público. Eran las cinco de la mañana, a lo lejos se escuchaba el cantar de algunos gallos, ese sonido que anuncia un nuevo día. El cielo estaba totalmente despejado y las estrellas brillaban con toda intensidad. La luna estaba por ocultarse. Mientras caminaban pasaron por lugares donde había algunos árboles y las ramas hacían que en ese espacio estuviera oscuro. Ximena y Marcos caminaban con toda tranquilidad, era poca la conversación que tenían, porque por más que platicaban, lo que en verdad les importaba era la compañía del uno para el otro.

Cuando llegaron a la parada del transporte público se sentaron en la banqueta a esperar que pasara el colectivo, pasaron solo unos minutos cuando vieron a lo lejos que se acercaba la unidad que los llevaría al siguiente pueblo. No dudaron en subirse, la mayoría de pasajeros dormían mientras el autobús se movía a una velocidad moderada, por fortuna de los dos, encontraron asientos disponibles para viajar juntos por un tiempo de diez minutos, Ximena iba sentada del lado donde está la ventana, mientras el autobús se movía ella abrió la cortina y ambos pudieron apreciar las brillantes estrellas y la luna que ya estaba a punto de ocultarse, ellos seguían sin platicar.

A Marcos le había quedado claro que Ximena solo era su amiga, aunque por dentro se derretía de amor por ella. Trató de contener su amor y acordó consigo mismo que solo la miraría como su amiga, jamás se imaginó lo que ella sentía. Solo viajaron aproximadamente diez minutos cuando Marcos le dijo a Ximena.

—Vamos a bajarnos en la siguiente esquina para que nos agarre más cerca la entrada al cerro.

—Nos deja en la esquina por favor —le dijo Marcos al conductor.

El autobús se detuvo justo en la esquina donde Marcos pidió la parada, la luz del día aún no se notaba, más bien la única luz que veían era la de las lámparas de la calle. Ximena volteó para los lados y se dio cuenta que estaba en la salida del pueblo donde los dejó el autobús.

— ¿Este es el camino del cerro al que vamos?

—Sí, es este.

—Está muy oscuro, confió en ti Marcos.

—No te preocupes, pronto va amanecer, pero si quieres podemos sentarnos aquí y esperamos a que amanezca.

—No cómo crees, vamos, no importa que este oscuro, me gusta mucho ver el amanecer y pues más cuando es en el campo.

Después de caminar unos cien metros de que salieron del pueblo, el camino estaba totalmente oscuro, ni siquiera sus manos podían ver.

—¿Estás seguro de que este es el camino? —dijo Ximena.

—Creo que me perdí… ¿y ahora qué hacemos?

—No bromees Marcos, porque me da miedo… ¿de verdad te perdiste?

—Claro que no, cómo me voy a perder si este es el único camino que lleva al cerro, tú no te preocupes, confía en mí.

Ximena sí confiaba en Marcos, pero la oscuridad estaba intensa, así caminaron por aproximadamente veinte minutos, era mucha adrenalina cuando pasaban bajo los árboles, fueron como tres ocasiones en que escucharon las hojarascas moverse, pero tal vez eran los conejos o las ratas que abundaban en ese lugar, no podían ver nada solo escuchaban como las hojarascas secas se movían, a Marcos le daba risa y a Ximena le seguía la corriente, pero era entre risa y miedo porque desconocía ese lugar.

La mañana poco a poco se fue esclareciendo, en la medida que pasaban los minutos. Las figuras de los árboles y arbustos comenzaron a verse y a lo lejos se veía el cerro a donde iban acampar, para ser más precisos eran un cerrito, así como si fuera un volcán. Cuando llegaron al pie del cerrito, ambos voltearon para los lados y se dieron cuenta que se habían alejado mucho de la ciudad, nada más del pueblo donde los dejo el autobús, habían caminado aproximadamente una hora y media.

Después de detenerse un poco para tomar aire comenzaron a subir hasta llegar a la cima del cerrito, habían subido un aproximado de medio kilómetro, por lo que llegaron cansados y sin pensarlo ambos se sentaron en el pasto. Ver el amanecer en todo el llano era realmente majestuoso, la ciudad y los pueblos se veían a lo lejos.

—Qué bonito lugar, gracias por traerme aquí.

—Vamos a ver del otro lado me gusta cómo se ve todo desde ahí.

—Sí Marcos, vamos.

En la cima había una cabaña abandonada tenía un patio por el cual cruzaron para ver del otro lado.

—Mira qué maravilla.

Ximena volteó para todos lados y le dijo a Marcos.

—Ven vamos a sentarnos aquí.

Se acercaron a un lado del precipicio, ambos se veían felices, el viento soplaba muy suave y sus rostros se llenaban de alegría por aquella brillante sensación.

—Cuando estudiaba en el colegio, como parte de la disciplina, los domingos nos llevaban a cortar jitomate a los huertos.

—Qué padre —dijo marcos.

—Me acorde de eso porque justo a esta hora era cuando salíamos para los huertos que estaban como a unos veinte minutos de donde estaba el colegio y no sé porque hoy se me vino eso a la mente.

Ximena se notaba muy sensible, Marcos se dio cuenta, pero no imagino el motivó, Ximena comenzó a juguetear con algunas piedras que estaban cerca de ellas, en varias ocasiones agarró algunas piedras chicas y las arrojó al precipicio, Marcos hizo lo mismo. Algunas aves pasaron volando cerca de ellos como haciéndoles compañía, el viento soplaba sutilmente sobre sus rostros como queriéndoles decir que la vida estaba hecha para amar, el silencio se prolongó por varios minutos sin duda se fusionaron con la dicha del presente. Después de un rato estando contemplando la inmensa mañana, Ximena rompió el silencio.

—Marcos...tengo miedo de perderte.

Los ojos de Ximena estaban llenos de lágrimas, Marcos no sabía lo que pasaba.

— ¿Por qué dices eso?, claro que no me vas a perder. ¿Por qué lloras? Cuéntame qué tienes, sabes que puedes contar conmigo.

—Nada... solo abrázame por favor.

Ambos se miraron cara a cara y se abrazaron, Ximena seguía llorando mientras se aferraba a los brazos de Marcos. Por un instante Marcos no dijo nada solo dejó que Ximena se desahogara, el viento comenzó a soplar cada vez más fuerte y aquel abrazo se volvió una verdadera entrega de amor, después de pasar un buen rato así abrazados, lentamente soltaron sus brazos Ximena sostuvo la mano de Marcos y, entre algunos suspiros, le dijo:

—Tienes que saber la verdad.

Marcos no sabía lo que le iba a decir, creyó que tal vez nuevamente se iba a ir del país, pero trató de no suponer solo le dijo:

—Dime lo que me tengas que decir, sabes que te quiero mucho siempre estaré para apoyarte.

—Bueno…siento que en cualquier momento te voy a perder, desde aquella vez que te dije que no quería ser tu novia, me quede pensando que en cuanto tengas novia te vas a olvidar de mí y no sé porque, pero tengo miedo de perderte, me acostumbre mucho a ti, eres mi mejor amigo te tengo mucha confianza, de verdad no quiero imaginar que un día tú ya no me hables por estar con tu novia.

—Pero ya te dije que tú siempre serás mi amiga, es verdad que me enamoré de ti, pero si no estoy en tus planes, si no te gustó para novio ya te dije que mi amistad siempre lo tendrás, por ahora no he pensado en tener novia, pero cuando la tenga tú seguirás siendo mi amiga.

— ¡No! es que tal vez no me expliqué bien…en realidad sí quiero ser tu novia, ya lo pensé bien y tú eres la persona que busco, solo que no me atrevía a decírtelo porque no sé, siento que te mereces alguien mejor que yo.

— ¿Por qué dices que merezco alguien mejor que tú? Si tú eres la chica que me encanta, si es verdad que aceptas ser mi novia para mí eso es la mejor noticia que me has dado el día de hoy.

Antes de que Marcos siguiera hablando ella colocó su mano en el hombro de marcos, se acercó y lo beso, él sin pensarlo le

correspondió y ambos se dieron besos tiernos y sin duda de mucho amor. El amanecer, el canto y vuelo de las aves y los arbustos que se movían al son del viento eran testigos de este amor que nacía desde lo más profundo de sus corazones.

Así comenzó una historia bonita de amor, ambos se amaban: para Marcos era una inmensa felicidad que se notaba en su rostro, porque se había enamorado de Ximena, así como cuando en algún momento nos enamoramos sin esperarlo. Cuando le había confesado su amor y ella lo rechazo se sintió herido por no ser afortunado de tener aquel amor, ahora ya tenía lo que quería y Ximena estaba totalmente feliz, porque igual se dio cuenta que el cariño que sentía por Marcos, en realidad era mucho más que simple amistad como ella suponía.

Habían pasado más de dos horas sentados viendo el amanecer y en ese trayecto se dio el inicio de una bonita relación de amor, después de ese tiempo se pararon. Marcos fue el primero que se paró y tomándola de la mano jaló a Ximena para que igual se parara, ambos se sacudieron las nalgas porque sus pantalones tenían tierra.

Tomados de la mano se encaminaron para bajar el cerrito, las sonrisas en sus rostros mostraban una sonrisa de "oreja a oreja" el cielo estaba totalmente despejado, el sol literalmente ya estaba incrementando la temperatura, porque ya eran las nueve de la mañana. Como era domingo, por la tarde tenían una reunión en el grupo donde estaban, cuando llegaron a casa de Ximena acordaron verse en la tarde en su reunión dominical, se despidieron con un beso y mientras Ximena abría la puerta de su casa, Marcos se encaminó igual rumbo a su casa, caminar las calles estando enamorado y sobre todo correspondido es en realidad como pisar sobre algodón, así de suave sentía los pasos que daba Marcos mientras caminaba.

Ese día domingo por la tarde después de verse en la reunión donde participaban como organizadores de eventos culturales, se fueron a comer un helado porque el calor que dio durante el día fue muy intento y a pesar de que ya eran las ocho de la noche bien que ameritaba deleitar un rico y delicioso helado y más en compañía de la persona que se ama. Cuando se fueron a casa de Ximena en el trascurso del camino los alcanzó la lluvia, las gotas de agua que caían sobre sus cabezas eran en verdad como caricias del universo, iban tomados de la mano y mientras seguían cayendo las gotas de agua, ellos caminaron a paso lento disfrutando aquel hermoso momento, pasaron unos quince minutos cuando llegaron a casa de Ximena, ya estaban bien mojados los dos, pero eso no importaba porque la emoción se dejaba ver en sus caras que escurría de agua, entre risas y coqueteos se quedaron por un buen rato en la calle ahí fuera de la casa de Ximena.

—Te quiero mucho Marcos.

Marcos la agarró de las manos mojadas y sintió que resbalaban porque literalmente estaban cubiertos de agua que caía del cielo. Se besaron y sintieron esa sensación de amor inexplicable, este día si fue uno de esos días donde sientes que estas en el paraíso, los besos se prolongaron y las caricias también. Caricias mojadas que dejan una sensación agradable, besos tiernos entre suspiros llenos de amor.

Todos los días domingos se veían en el grupo al que pertenecían, trabajaban juntos en los proyectos y eventos culturales, era un amor que se desbordaba y crecía día a día.

Sus amigos sospechaban que ellos se amaban, pero Ximena y Marcos acordaron no decirles nada a sus amigos querían dejarlos con la duda, algunos de sus amigos de más confianza le decían a Ximena.

—Marcos y tú hacen bonita pareja.

Ella contestaba que no sabía, simulando su amor por Marcos.

—Solo somos buenos amigos, a Marcos lo quiero mucho, es mi mejor amigo.

Lo mismo decía Marcos de Ximena, pero sus miradas, sus formas de expresarse del uno para el otro los delataban, cuando les tocaba hacer el trabajo juntos Ximena le decía a Marcos.

—Siempre soñé con esto…siempre quise tener un novio, así como tú.

—Yo también desde que te vi me di cuenta que eras la chica que buscaba.

—Bueno vamos apurarnos para terminar pronto este evento tiene que quedar bien organizado, tu y yo tenemos que dar lo mejor de nosotros.

Eran una pareja perfecta porque ambos se gustaban y ambos se correspondían, Marcos iba a casa de Ximena a visitarla y se sentaban en el patio a platicar por horas, a veces entraban en la sala y se la pasaban platicando anécdotas vividas en el pasado. Todas las familias de Ximena veían con buenos ojos esta relación de amor, de hecho, estaban muy contentos porque Ximena andaba con un chico que les caía bien a todos sobre todo a la abuelita y los tíos de Ximena.

Los papás de Marcos también sabían de esta relación de amor. En ocasiones Ximena iba a casa de Marcos, igual se la pasaban mucho tiempo platicando, era una relación de amor de mucha confianza y cariño, no necesitaban poner una cita para verse cuando se querían ver alguien de los dos iba a casa de alguien de ellos, incluso a veces Ximena iba al trabajo de Marcos cuando tenía que decirle algo del proyecto al que trabajaban o simplemente ir y saludarlo.

Fueron varias veces que Marcos se paró a las cinco de la mañana para ir a dejar a la universidad a Ximena, ella entraba estudiar a las siete de la mañana por lo que tenía que pararse muy temprano para llegar a tiempo a la escuela.

Como ambos les gustaba meditar, algunas veces se veían a las cinco de la mañana, Marcos pasaba por Ximena a su casa, se iban a las afueras de la ciudad, donde había un pequeño llano y se sentaban juntos por varios minutos para contemplar el amanecer, eran una pareja muy romántica, tal vez en otras circunstancias estando en ese lugar y estando solos podrían hacer el amor así al son de la naturaleza, pero ellos aunque se les pasaba por la cabeza se contenían, solo se sentían bien estando juntos en la fresca mañana.

Después de que pasaban más de una hora juntos se iban hasta la parada del transporte público, Ximena ya iba con uniforme escolar y su mochila lista para la escuela.

En varias ocasiones vieron los amaneceres juntos. Las tardes igual eran magníficos, sobre todo los fines de semana que era un hecho que se veían por las actividades que tenían. Los amigos de Ximena sabían que estaba enamorado de Marcos, pero sus compañeros de la escuela no sabían quién era Marcos, no lo conocían, cuando jugaban futbol a la hora del recreo, a Ximena le decían "vamos Marcos tu puedes" … eran las porras que se escuchaban porque Ximena era una chica muy amiguera, con todo mundo se llevaba y todos sus compañeros de salón sabían que su novio se llamaba Marcos.

Ella les platicaba que su novio era maravilloso, Marcos se sentía orgulloso de su novia, estaba agradecido con la vida porque tenían una chica que lo amaba y él igual amaba a su chica. De vez en cuando se acordaba de Zuu y en el fondo decía:

—Ojalá y Zuu igual sea feliz como yo, ella igual se merece lo mejor.

Desde que Marcos comenzó andar con Ximena no supo mucho de Zuu, solo de vez en cuando la veía y lo único que le decía era.

—Hola Zuu.

A lo que ella contestaba casi así de simple.

—Hola Marcos.

Marcos le daban ganas de llevarse bien con Zuu, quería que platicaran más que darse un simple saludo, pero se limitaba a solo saludarla porque sabía que ella no permitiría eso porque en realidad se había enamorado mucho de él, hasta ese momento no se imaginó que fue su primer novio, pero sí sabía que estaba enamorada de él y que lo mejor sería que ella se encontrara con un chico que le pudiera corresponder, así como ella quería.

Pasó un buen tiempo cuando se enteró que Zuu se mudó a la capital del país, Marcos en el fondo se sintió culpable se imaginó que tal vez Zuu estaba huyendo de él, así como para olvidarlo. No lo sabía con exactitud, pero esas eran sus suposiciones. Hay veces que amas a una persona, pero por razones obvias amas a alguien más... tal vez con más intensidad o tal vez coinciden en más cosas. A Ximena lo que tenía es que varios chicos sobre todo compañeros de escuela querían con ella: fueron varias veces que se le declararon y ella se sentía incomoda porque cuando les decía que no, le dejaban de hablar. Ximena era una chica que le gustaba tener muchos amigos y de alguna manera el hecho de que se alejaban solo porque no les podía corresponder, se sentía mal.

—Marcos, espero y no te enojes, pero quiero que me tengas confianza te voy a contar todo lo que pasa conmigo.

—Claro cuéntame y sí te tengo confianza, dime, ¿qué pasa?

—En la escuela tengo varios amigos, sabes que me gusta tener muchos amigos, pero lo que no me gusta es que se enamoran de mí y yo solo quiero amistad y lo peor es que cuando se me declaran y no les correspondo se alejan de mí, no sé porque se alejan, a veces hasta me siento culpable. Te juro que a veces me he puesto a pensar en corresponderle a todos para que no se alejen, pero sé que tampoco eso soluciona nada.

Marcos la entendía, pero en el fondo le dolía saber el hecho de que ella le gustaría corresponderle a todos solo para que no se alejen, pensaba que tal vez el amor que ella sentía por él no era suficiente. No le demostró celos, trató de contener sus miedos, se puso una barrera para no celarla porque creía que si la celaba la iba a perder.

—No te preocupes, yo sí te entiendo —dijo Marcos.

—¿Y si mejor terminamos? Si dices que me entiendes, lo comprenderás.

A Marcos no daba crédito lo que escuchó, las palabras que salían de los labios de Ximena eran precisas, quería terminar con Marcos, a tan solo tres meses de que habían iniciado esa relación bonita... al menos era bonita para Marcos, pero para Ximena parece que no lo era del todo.

El silencio se prolongó porque Marcos no sabía que decir, sintió un nudo en la garganta, tenía miedo de perderla, pero no supo que decir, no luchó lo suficiente como para decirle que no terminaran o como para preguntarle si se había enamorado de alguien más, la idea de terminar solo para no perder a sus amigos se le hizo demasiado exagerado, pero no se le vino nada a la mente.

—¿Por qué no contestas?, dime algo. Marcos estaba agachado, como jugando con la tierra, cuando volteó a ver a los ojos, Ximena se dio cuenta que estaba llorando, al darse cuenta que lo había descubierto no se contuvo y dejó que las lágrimas rodaran por sus mejillas, Ximena se echó a sus hombros y lo abrazó, de hecho, ambos ya estaban llorando.

—Ximena no quiero verte llorar, creo que no te entiendo lo suficiente, ahora soy yo el que no quiere perderte, pero a la vez quiero que seas feliz.

— ¿Entonces si vamos a terminar? —dijo Ximena—. Con esta pregunta Marcos se dio cuenta que en verdad ella sí quería terminar esa relación y así antes de que Marcos contestara a esa pregunta, Ximena continúo hablando.

—Mira Marcos yo quiero mucho a mis amigos y tu aparte de ser mi novio también eres mi amigo, te quiero mucho, te juro que siempre seremos amigos. Marcos se limpió los ojos y tomó valor para decirle.

—No te preocupes sí te entiendo y siempre seré tu amigo, me gusta tu idea de querer mucho a tus amigos, tú eres libre, no tengo porque detenerte.

Ximena se paró del lugar donde estaba sentada y Marcos hizo lo mismo, el mundo de Marcos sintió que se le estaba terminando, esa despedida fue la más cruel que había tenido Marcos, mientras caminaba rumbo a su casa, se le pasaron miles de pensamientos.

Hace apenas unos cuatro meses él había terminado con Azucena, y esta vez lo estaban terminando, con la diferencia de que Marcos aceptó seguir siendo amigo de Ximena y sintió que en realidad no era nada agradable, la tenía que seguir viendo los fines de semana en las reuniones, pero lo que más le dolía es que se terminará esta relación de amor.

— ¿Será que se enamoró de otro? ¿Será de verdad que solo quiere tener amigos? Las lágrimas, los recuerdos de las pocas veces que disfrutaban el momento de estar juntos, eran con lo único que se quedó grabado en su mente.

Cuando llegó la hora de cenar, su hermana que siempre lo apoyaba en todo se dio cuenta de lo que le estaba pasando, pero no se atrevió a preguntarle, ella conocía muy bien a Zuu y también a Ximena, se llevaba con ambas y no se sabe lo que le pasó por la mente al ver a su hermano destrozado por el amor.

Como tratándole de consolar le dijo.

—Dicen que Zuu pronto va a regresar de la capital.

—¡Qué bueno!... le contestó con una voz fingida.

Cuando se acostó en la cama para dormir, siguió llorando dejando caer todas las lágrimas que contuvo mientras cenaba, por un instante se le vino a la mente la idea de que mejor hubiera sido no haber terminado con Zuu, porque a ella se notaba que sí lo amaba a él, pero sabía que ya era demasiado tarde y además no la había visto en las últimas semanas. El fin de semana llegó y también llegó la hora para las actividades que tenían ambos, esta vez Marcos no llevaba la misma sonrisa, solo trataba de disimular que estaba bien.

Para su mala suerte, o tal vez por fortuna, siempre le tocaba hacer el mismo trabajo que Ximena. Estar cerca de ella era una tortura, porque le daban ganas de abrazarla y decirle que la amaba, aguantarse las ganas de besarla, de decirle hay que volver porque te extraño, o tal vez de cantarle una canción para reconquistarla.

Por primera vez comprendió que cuando una relación de amor se acaba es mejor ya no ser amigos o por lo menos no trabajar juntos y mucho menos hacer el mismo trabajo, escuchar a la persona que te diga: "Pásame la calculadora", o "díctame este texto" y entre esas palabras de la persona que se ama ver a los ojos y ver el cielo entero que brilla como una estrella, sin duda para Marcos lo único que le quedaba era tragarse sus palabras.

Ese primer fin de semana fue la tortura emocional más cruel para Marcos, creyó que terminando el trabajo se iba a ir a su casa sin despedirse de Ximena, de hecho, eso era lo que pensaba hacer, pero las cosas cambiaron muy pronto. El trabajo que tenían que hacer se había terminado, por lo menos lo que les tocaba hacer ese fin de semana. Después de recibir algunas instrucciones cada uno de los integrantes de ese grupo se fueron despidiendo, Ximena estaba acomodando los papeles importantes donde había notas que no podían descuidarse, Marcos imaginó que era el momento oportuno para salir sin despedirse de Ximena, se comenzó a dirigir a la puerta cuando escuchó una voz dulce y tierna, la voz que lo había enamorado, la voz por la cual él estaba destrozado.

—Marcos, podrás ayudarme a guardar estos documentos ¿por favor?

Cuando Marcos escuchó estas palabras, sintió un escalofrió por todo su cuerpo, sus respiraciones aumento, pero trató de contenerse porque no quería ilusionarse. Qué más quisiera que me dijera que me ama y que quiere volver conmigo, se dijo para sí mismo mientras caminaba hacia el escritorio donde estaba sentada Ximena.

— ¿Salió mal el reporte que hicimos?

—No, solo quería decirte que me fueras a dejar a mi casa, quiero platicar contigo.

Marcos sintió un gran alivio, pero no quería ilusionarse así que trató de tomarlo con calma. Ya estando caminó a casa de Ximena ella de pronto lo tomó de la mano y le dijo:

—Perdón por hacerte llorar, de verdad no era para tanto como para terminar contigo, estuve pensando en todos mis amigos y siempre te venias a mi mente, quería ir a tu casa en la semana, para pedirte que volviéramos, pero espere hasta hoy, porque quería pensarlo bien.

Marcos no se pudo contener y la besó mientras que sus brazos se cruzaban para acariciar el cuello de Ximena. Los besos no solo eran tiernos si no que un gran alivio para el alma de los dos. El paraíso había vuelto, la sonrisa natural, la alegría era inmensa en el rostro de Marcos. Así continuaron y todo marchaba de maravilla.

Marcos había recuperado su amor, pero Zuu no había superado al que fue su primer amor, pasaron pocos días cuando la volvió a ver y por un instante le dio ganas de acercarse a ella para platicar, pero se dio cuenta que justo cuando se iba acercando un amigo de él que lo estimaba mucho, se acercó primero a Zuu y enseguida se encaminaron rumbo al parque que estaba a unos cuantos metros. Marcos fingió no darse cuenta y siguió su camino.

“Mi amigo es una gran persona, si llegan a ser novios estaré feliz y por respeto a los dos, trataré de no entrometerme en su relación, ojalá y Zuu de verdad sea muy feliz como yo, sin pasar por lo que acabo de pasar porque ella ya sufrió mucho por mí”. Estos fueron algunos de los pensamientos que pasaron por la cabeza de Marcos, a estas alturas nuevamente ya era feliz y deseaba que su ex novia igual lo fuera, había sentido lo que tal vez Zuu sintió cuando terminó con ella y se dio cuenta que eso no se lo podía desear a nadie y mucho menos a una chica que amó en algún momento.

Días después los vio juntos tomados de la mano, pero no era con su amigo era con otro chico que no conocía, no supo que había pasado, pero de alguna manera le daba gustó verla con un chico, el sentía un gran cariño por Zuu, pero por el momento el amor por Ximena rebasaba su voluntad. Le sorprendió mucho cuando en una ocasión Zuu se la topó de frente y le dijo:

— ¿Puedo hablar contigo un momento por favor?

Marcos por un momento pensó que tal vez le iba a decir que aceptaba su amistad, sin pensarlo le dijo:

—Sí claro, dime, te escucho.

—Pero vamos a sentarnos en aquella banca.

Antes de sentarse Zuu se tocó la cabeza como pensando que decir-

—Dime, ¿pasa algo? —Marcos dijo esto porque la noto nerviosa y titubeante.

—Quería decirte que no te puedo olvidar, ando con este chico, pero la verdad no he podido sacarte de mi cabeza si quieres ahorita mismo término con él y volvemos.

Marcos nuevamente no supo que decir, se notaba que Zuu lo amaba y él a pesar de que sí la quería, pero ahora era correspondido por Ximena.

—Mira Zuu tu mereces ser feliz, quisiera decirte que sí que vamos a volver, pero me estaría engañando a mí y también a ti, ahora tengo novia y lo sabes y tú también tienes novio mejor hay que seguir como vamos, de verdad no quiero hacerte daño ilusionándote con algo que no es...me gustaría que no estuvieras pasando por todo esto sé lo que se siente, pero de verdad sé feliz veras que...

Antes de que continuara consolándola Zuu le dijo:

—Perdóname por incomodarte, te juro que no te vuelvo a molestar esperó que seas muy feliz y si algún día me necesitas solo dímelo por favor.

—No me molestaste en nada, yo solo quiero... No termino de hablar marcos cuando Zuu dijo:

—Adiós Marcos.

Zuu comenzó a caminar a toda prisa sin voltear, Marcos se quedó como congelado, quería alcanzarla, pero concluyo que iba a ser contraproducente, ya que él lo que más deseaba es que ella igual fuera feliz.

Los días pasaron y el amor entre Marcos y Ximena crecía y se desbordaba entre besos, caricias, acompañados de paseos por las tardes y algunas veces en campamentos o eventos culturales. En una ocasión mientras regresaban de ir a dar un paseo, Ximena le comento a Marcos que le gustaría vivir cerca de un bosque rodeado de árboles, porque le gustaba mucho el campo, todo lo relacionado a la naturaleza la emocionaba.

Después de pasar algunos meses Marcos se enteró que Zuu se iba a casar, la noticia no le agrado del todo porque llegó a la conclusión de que tal vez lo hacía por despecho a pesar de que, a estas alturas, Zuu ya andaba con el amigo de Marcos y sin duda fue con él con quien se iba a casar. La fecha ya estaba establecida, los amigos de Marcos todos estaban dispuestos a ir a esa boda, pero Marcos era el único que no iba a ir porque no era prudente estar en una boda de alguien que sabes que te amo o quizá te siga amando. Solos faltaban ocho días cuando los amigos de Marcos le dijeron:

—El próximo sábado se casa Zuu tenemos que ir para felicitarla.

—Sí lo sé, pero yo no voy a ir no creo que sea prudente

—Vamos, ella ya se va a casar tampoco creas que te sigue amando, su novio es un buen chico se ve que están enamorados los dos.

Estas palabras de sus amigos esclarecieron las conclusiones que tenía Marcos, "tal vez ellos tengan razón, tal vez estoy exagerando al pensar que me sigue amando, voy a ir con ellos para felicitarla de todos modos ella ya se va a casar y como amigos tenemos que estar en su boda". La ceremonia religiosa de la boda fue durante el día por lo que Marcos no pudo asistir, cuando llegó a su casa ya eran las ocho de la noche y no tenía muchas ganas de ir a la fiesta de Zuu, pero su hermana ya la estaba esperando y cuando llegó le dijo que lo estaba esperando para ir a bailar y felicitar a Zuu.

—Tenía planeado no ir la boda de Zuu, si quieres te voy a dejar y te quedas en la fiesta, luego voy por ti.

—Vamos y te quedas con nosotros, que te preocupa si el Zuu ya se va a casar, además todos los demás chicos nos van a esperar en la avenida principal para ir juntos, ellos están muy emocionados por esta boda tu sabes que Zuu y su novio son buena onda con todos.

—Está bien, vamos nada más me baño y nos vamos.

Cuando llegaron al salón donde se ofreció un banquete para todos los invitados, Marcos iba muy nervioso y más cuando vio a Zuu con su vestido blanco, incluso sintió algo extraño porque ella lo amaba y se dijo para sí mismo. "Tal vez era yo el que tenía que estar con Zuu en lugar de su novio"; cuando le pasó este pensamiento por la cabeza emitió un suspiro porque justa estaba a unos pasos para darle un abrazo a Zuu. Cuando la abrazó le dijo "felicidades Zuu, sé muy feliz". En el fondo le dio ganas de llorar porque eran muchas emociones encontradas, pero las sonrisas y demás felicitaciones de sus demás amigos, pronto lo llevaron a centrarse en esa fiesta, era momento de celebrar y no de estar tristes.

Cuando llegó el momento de bailar la tradicional "víbora de la mar" Marcos se acercó para sostener la silla donde estaba Zuu.

Ella se sujetó de sus hombros y lo miró a los ojos, él emitió nuevamente un suspiro, le dieron ganas de bajarla y abrazarla y a la vez sintió que estaba siendo injusto estar ahí en ese momento tan especial de Zuu, sabiendo que ella lo quiso mucho, aunque aún no sabía que fue su primer novio.

La boda se consumió y todo volvió a la normalidad, Marcos siguió su relación con Ximena, él no le dijo que fue a la boda de su ex novia Zuu Y Ximena tampoco le pregunto si había ido a la boda. Llevaban una relación muy sana, no discutían ni se celaban, o al menos eso aparentaban, porque Marcos en el fondo sí sentía celos por los tantos amigos que tenía Ximena y porque ya había terminado en una ocasión con él, solo por no perder a sus amigos.

Ahora que ya había perdido definitivamente a Zuu, Marcos se aferró más a la relación con Ximena, quería estar todo el tiempo junto a ella, cuando iban a eventos o reuniones no se le despegaba ni un instante. Marcos no se daba cuenta de lo mucho que se aferraba a ella, pero Ximena sí comenzó a notar que había cambiado, lo que Marcos tenía era miedo de perderla, pero él no se dio cuenta que esa actitud no era sana para su relación, jamás le dijo a Ximena que sentía celos, pero su actitud decía más que mil palabras. En una ocasión cuando salían de un evento cultural Ximena sacó una carta de la bolsa de su overol de mezclilla color azul.

—Ten esta carta Marcos cuando llegues a tu casa lo lees por favor, hoy no me vas acompañar a casa porque viene mi mamá por mí, vamos a casa de mi tía.

—Sí gracias, te veo mañana —dijo Marcos.

—Lee la carta ahí vas a comprender muchas cosas, adiós cuídate.

Cuando vio que le estaba entregando una carta se imaginó que era algún pensamiento relacionado a su relación de amor, como ya en varias ocasiones le había dado cartas de amor.

Pero la forma de despedirse y el tono de voz que escuchó de Ximena sin duda era porque algo andaba mal. Mientras caminaba a casa trató de ser optimista, se imaginó que tal vez tenía problemas en casa, pero todo eso se le derrumbó cuando abrió la carta y leyó lo que a la letra decía.

> "Muchas gracias Marcos por todo tu cariño, por tu amor y amistad, fuiste mi mejor amigo y mi mejor novio, de verdad estoy agradecida contigo porque siempre me apoyaste en todo. Cuando me sentía triste, supiste escucharme y te juro que no te cambiaría por nada, pero gracias a los momentos vividos, me pude dar cuenta que últimamente a toda costa querías mantenerme junto a ti. Tal vez tú no te diste cuenta, pero no podía estar a gusto platicando con mis amigos porque tú siempre llegabas y estabas ahí junto a mí como cuidándome, sabes que me gusta ser libre y la verdad no quiero una relación así. No te preocupes por si llegas a pensar que te cambio por otro, como ya te lo había dicho miles de veces por ahora no me interesa andar con nadie, quiero disfrutar de mi libertad, por favor perdóname si te lastimo, pero para mí es mejor hablarte con la verdad.

Quiero que te quede bien claro que nuestra relación se terminó y tampoco quiero ser tu amiga, de hoy en adelante solo vamos a ser compañeros de trabajo... solo eso. Por favor cuando me veas no vuelvas a tocar el tema ya te lo expliqué todo aquí.

Adiós Marcos y gracias por todo.

XIMENA".

Cuando terminó de leer está carta sentía que su vida terminaba, estaba llorando como un niño, por primera vez supo lo que se siente estar enamorado y no ser correspondido, mientras se limpiaba las mejillas que estaban empapadas de lágrimas dijo para sí mismo "Zuu ¿porque te casaste tan rápido, tanta prisa tenías?" en esta ocasión fue cuando valoró el amor de Zuu, pero ya era demasiado tarde ella ya estaba casada, según Marcos Zuu estaba felizmente casada porque creyó que se casó por amor.

Lo que más le dolió fue que Ximena le hubiera dicho que no quería ser ni su amigo, ya no tenía el amor, ni la amistad de las dos chicas de las que se enamoró. Cuando llegó el fin de semana no quería ir al evento cultural porque ahí iba a estar Ximena, pero él y ella coordinaban los eventos y tenía que estar, tenía que tragarse todo su amor y estar junto a esa chica que adoraba. Ese primer fin de semana ya sin ser novio de Ximena cuando llegó a la oficina donde se reunían, Ximena estaba platicando con sus amigas y demás compañeros, antes de entrar escuchó las risas y platicas amenas. De inmediato quitó su atención en todo lo que le dolía y al entrar mostro una sonrisa así para aparentar estar bien, Ximena cuando vio que entraba volteó para otro lado como no dándole importancia que ya había llegado.

Días después fueron invitados a un evento donde estuvieron a puerta cerrada durante quince días, se trataba de un taller que incluía hospedaje y comida para quince días, porque todos se tenían que quedar en ese lugar hasta que terminara el taller al que iban, cada quien tenía su habitación, había líderes de varios países de América latina. Ximena como tenía la facilidad de hacer amigos, pronto congenió con unos chicos de Venezuela y como Marcos y ella eran compañeros tenían que trabajar juntos, entonces Ximena lo presentó con sus nuevos amigos, por unos instantes olvidó lo que había pasado entre ellos, o por lo menos los dos aparentaban que no había pasado nada entre ellos.

Por las noches tenían dos horas libres para salir a pasear y luego regresar. En ocasiones se iban al cine y Marcos a veces no quería ir con ellos, pero Ximena lo invitaba en frente de sus amigos para no dijera que no y Marcos se iba para no mostrar indiferencia con ellos, las ganas de abrazar a Ximena y de besarla eran un tormento para Marcos, porque moría por darle un beso o por tomarla de la mano, en ocasiones le hacia la plática a sus nuevos amigos de Ximena para distraerse.

A la hora del desayuno Ximena se sentaba a lado de Marcos, como tratándole de dar a entender que aún lo amaba, pero al parecer solo lo hacía por el hecho de ser compañeros de trabajo. En una ocasión Marcos llegó al comedor, pero Ximena aún no llegaba, Marcos se notó un tanto pensativo porque Ximena era muy puntual para todo y siempre estaba puntual en el comedor para desayunar, le dio un sorbo a su jugo de naranja y ligeramente volteó para el pasillo que daba a las recámaras de mujeres, pero no vio salir a nadie.

Ya todos estaban en el comedor desayunando, Marcos tenía ganas de ir a buscarla a su recamara, pero se limitó a desayunar como si no le importara, tomó un pedazo de pan y le dio un mordisco cuando vio que Ximena ya estaba a su lado jalando la silla para sentarse.

—Buenos días Marcos.

—Buenos días Ximena… ¿todo bien?

—Sí, ¿por qué?

—Se me hizo raro que llegaras tarde.

—Estaba pensando algunas cosas, disculpa.

—No te preocupes, solo pensé en ti.

—Pues ya no andes pensando en mí.

Ximena se paró para servirse el desayuno porque quien llegaba tarde se tenía que servir, en ese lugar donde estaban tomando el taller las reglas eran muy precisas. Mientras Ximena caminaba, Marcos se dio cuenta que se había puesto el pantalón al revés, (la parte delantera del pantalón estaba atrás) se le hizo muy raro porque si te pones un pantalón así al revés te es incómodo y lo sientes.

Se quedó pensando si este estilo de pantalón era así con ese diseño, o tal vez por ser de vestir no se siente incómodo y eso puede explicarlo porque Ximena no se había dado cuenta. Cuando terminaron de desayunar todos comenzaron a irse a sus recamaras para cepillarse los dientes, entonces Marcos aprovechó para decirle a Ximena.

—¿Puedo hablar contigo un momento?

—Sí, dime.

—No se ti estoy mal, pero parece que pusiste al revés tu pantalón.

Ximena vio para abajo y le dijo.

—Está bien… ¿por qué dices que está al revés?

—Me refiero que la parte delantera está atrás.

Entonces Ximena se tocó la cintura y se dio cuenta que sí se lo había puesto al revés. Para no ponerse nerviosa le dijo

—¿Y tú que me andas viendo? …ay Marcos gracias, me puedes acompañar hasta mi recamara por favor, camina detrás de mí, me da pena que me vean así.

—Claro, vamos.

Caminaron en dirección a su recamara, platicaban riéndose como bromeando para que los compañeros que encontraban en el pasillo no se dieran cuenta de lo que pasaba con el pantalón de Ximena.

—Gracias Marcos por decirme y acompañarme, luego te alcanzo en la sala de conferencias

—Sí, claro.

—Oye y ya no me andes viendo.

Dicho esto, Ximena sonrío. De alguna manera estaba agradecida con Marcos por haberle dicho que se puso al revés el pantalón por las prisas. Marcos creyó que podía ganarse su amor, pero de pronto recordó que, si se le acercaba más, iba a caer en la misma situación que cuando eran novios, por lo que se mantuvo al margen.

Mientras permanecieron en ese lugar les tocó participar haciendo trabajo de grupo juntos. Durante el día tenían tres horas de comida, les daba tiempo para una siesta y a veces jugaban "cascaritas" de futbol, no tenían permitido salir a la calle en horas de comida, pero si lo podían hacer después de las seis de la tarde, pero tenían que regresar máximo a las once de la noche, por lo que varias veces se organizaron para ir al cine o pasear por el centro de la ciudad.

Después de ese taller de quince días a puerta cerrada, regresaron y se veían solo los fines de semana, hasta que Marcos le ofrecieron una oferta de trabajo en una empresa que estaba en otra ciudad no muy lejana, por ese motivó Marcos tuvo que dejar las actividades culturales y así dejó de ver a Ximena, eso le ayudo mucho a tratar de olvidarla aunque no le fue nada fácil porque sí se había enamorado y le era complicado olvidarla, además de que en los siguientes días del taller que habían tomado, Marcos supo que

Ximena ya tenía novio, en varias ocasiones la vio muy cariñosa con su novio, los celos lo invadían por eso las veces que los veía con su novio mejor optaba por no pasar junto a ellos.

Marcos tuvo que resignarse a perderla y las posibilidades de volver con la chica que un día estaba enamorado de ella ya eran totalmente nulas, porque ella ya estaba casada.

Un fin de semana, mientras Marcos estaba desayunando alguien tocó la puerta, la mamá de Marcos fue a abrir la puerta y en seguida le aviso a Marcos que lo buscaban, no le dijo de quien se trataba, por lo que cuando se dirigió a la puerta creyó que era alguno de sus amigos, se llevó una sorpresa cuando abrió la puerta.

—Hola Marcos —Marcos se tocó una oreja como para controlar los nervios y la emoción de ver nuevamente a Ximena en su casa, antes de contestarle se tocó la nariz y le dijo.

—Hola Ximena, qué sorpresa que estés aquí.

—Pues ya ves que sí me acuerdo de los amigos, ¿cómo estás? Ya tiene tiempo que no te he visto.

—Estoy bien y tú, ¿cómo te va?

—Muy bien, ya me voy a casar, te traje la invitación espero que vayas a mi boda, sabes que te estimo mucho y me gustaría que estuvieras en mi boda.

Marcos sintió un escalofrío por todo su cuerpo, no podía creer lo que estaba escuchando, sintió que se le iba el aire porque esta noticia sí que le dolió, pero a Ximena parece que no le importaban los sentimientos de Marcos porque siempre supo que la quiso mucho y ella se atrevió a llevarle la invitación para su boda.

De pronto su mente lo trasladó al día en que Zuu se casó, creyó sentir lo que posiblemente sitio Zuu al verlo en su boda, sabiendo que ella si lo amó mucho. Con voz titubeante Marcos tomó la invitación fingiendo una sonrisa y le dijo:

—¡Felicidades! qué bueno que ya te vas a casar. Dijo esto con voz entrecortada porque apenas como pudo formular las palabras, el nudo que sintió en la garganta era muy obvio.

— ¿De veras te da gusto que me vaya a casar? —dijo Ximena.

—Sí de verdad que sí Ximena, te felicito... "ni modos que te diga que me estoy muriendo por ti" —dijo para sí mismo—, mientras controlaba sus nervios sosteniendo fuertemente la invitación.

—Qué lindo eres Marcos, entonces te espero no me vayas a fallar y tú deberías hacer lo mismo casarte y formar una familia, mereces ser feliz.

—Claro Ximena todo en su momento gracias por la invitación.

Marcos salió de su casa y le dio un abrazo a Ximena, mientras la abrazó tenía ganas de decirle por favor no te cases, casi se le bajaban las lágrimas cuando le dijo:

—Bueno gracias por la invitación me dio gustó verte

Cuando Marcos se metió a su recámara aventó la invitación en una mesita que estaba cerca de la cama y se acostó rascándose una mejilla como para controlar lo que sentía, en seguida las lágrimas rodaron por su mejilla, acababa de perder definitivamente a la chica de la que se enamoró y fue feliz por corto tiempo, en su mente igual se le vino el recuerdo de Zuu.

Con lágrimas en los ojos, se paró y tomó la invitación; vio el nombre de Ximena y el de su novio que en los días siguientes iba a ser su esposo. Leyó todo lo que decía la invitación y así con lágrimas en los ojos rompió la invitación y lo tiro al bote de basura. Nuevamente se volvió a tirar a la cama, entonces se le vino a la mente la idea de que tal vez Ximena jamás lo quiso, recordó los momentos que la pasaron bien juntos en el trabajo y en los eventos, recordó los besos, las caricias, las risas y todo lo bonito que habían vivido juntos. También recordó las palabras de la carta que le había mandado y todo eso hizo que siguiera llorando, esta vez se había quedado solo. Sintió que el mundo terminaba para él, no quería saber nada del amor porque pensaba que no nació para ser correspondido.

Después de recuperarse se incorporó y salió con sus amigos a dar la vuelta, a nadie le dijo lo que le pasaba, nadie supo que Ximena le había llevado la invitación para su boda. Los días pasaron y la boda se consumó, por supuesto que Marcos no fue a la boda, en aquel día de la boda estuvo triste y sentía que la vida no tenía sentido, le dolía saber que en ese día su ex amor estaba en la iglesia consumando su boda.

Tuvo que resignarse a esta pérdida, se concentró en su trabajo y trató de hacer algunos negocios en horas disponibles para no pensar nada en el amor, comenzó a viajar visitando varias ciudades por cuestiones de trabajo, en uno de esos viajes decidió mudarse a un pueblo lejos de la ciudad. Le gustaba mucho el campo y toda la naturaleza, por lo que vivir en una zona boscosa fue como una salida para su decepción amorosa.

Los días pasaban mientras él se dedicaba a trabajar y viajar y en días de descanso se iba a la playa a distraerse, sin buscar el amor y sin pretender conquistar a una chica de pronto conoció el amor de su vida, era una chica muy guapa, simpática y en cuanto se conocieron se enamoraron los dos como si el destino los estuviera persiguiendo por años para juntarlos. Luego de pocos días de conocerse se hicieron novios y terminaron casados, tuvieron dos hijos y una hija. Vivieron muy felices y así el pasado de Marcos fue perdiendo fuerza, por un buen tiempo llegó a olvidarse de Ximena y de Zuu.

Pasaron varios años para que surgieran las redes sociales, la primera red social que Marcos uso fue el "MySpace", una amiga que conoció en el trabajo le hablo de este espacio web de internet personalizado y Marcos se dio de alta. Cuando llevaba veinte días navegando en este sitio otro amigo le comento que había una red social mucho más interesante "Facebook", por lo que igual se registró y se dio cuenta que este medio era mucho mejor, fue en este medio donde busco a Ximena, ya habían pasado más de ocho años y no sabía que había sido de su vida, a los pocos días Ximena acepto la solicitud y se saludaron, Ximena vivía en Estados Unidos de Norteamérica, por lo que a Marcos se le facilitó comentarle todo lo que sintió cuando terminaron su relación.

Ella igual se sintió en libertad y le reclamó porque la había descuidado, su reclamo daba a entender que no se había casado por amor, pero ella insistió en que sí, platicaron muchas veces de muchas anécdotas como se la pasaban con sus familias curiosamente coincidieron en que igual Ximena tenía tres hijos. Marcos igual comenzó a buscar a Zuu, pero no daba con ella, creyó que no usaba esta red social y no sabía que había pasado con ella, dejaba pasar un tiempo y luego volvía a escribir su nombre en el buscador de "Facebook" pero le aparecían varias chicas con ese nombre, pero ninguna era ella y algunas no tenían foto de perfil por lo que no sabía si entre ellas era la Zuu que buscaba.

Las pláticas por redes sociales con Ximena eran constantes, entre esas pláticas había discusiones, reclamos y sueños que se contaban. Poco a poco cada quien se fue dedicando a su familia y las pláticas disminuyeron hasta que un día dejaron de mandarse mensajes y de comentar sus publicaciones.

Marcos se dedicó a darle tiempo a su familia y a su trabajo, todo fue felicidad y solo a veces su mente lo llevaba al pasado y se preguntaba si las chicas que amó en su juventud fueron realmente felices, sobre todo llegó a valorar mucho a Azucena porque ella fue una chica que se enamoró de Marcos y Marcos no le supo corresponder.

Reencuentro

Pasaron dieciséis años cuando Marcos estaba en la oficina redactando unos documentos de trabajo, cuando de pronto se le vino a la mente Zuu, sin dudar volvió a intentar buscarla en Facebook y como siempre le aparecieron varias chicas con ese nombre, pero las que tenían foto de perfil no eran y entre las que no tenían foto, no sabía si entre ellas era la chica que buscaba. Está vez intento mandarle solicitud a una de las chicas que no tenía foto de perfil, casi en forma al azar mandó solicitud a una tal Zuu que aparecía sin foto de perfil, una vez hecho esto se limitó a seguir redactando el documento.

Un ligero timbre se escuchó en la computadora, Marcos dejó de escribir para abrir la ventana de Facebook y vio que la solicitud había sido aprobada, la emoción le hizo sonreír. No sabía si era la chica que buscaba, pero decidió mandarle un hola por inbox, casi al instante vio la respuesta por lo que la conversación continua.

Marcos no sabía qué decirle para saber si era ella la chica que buscaba, ya habían pasado dieciséis años y no sabía qué había sido de su vida, tampoco sabía si esta chica era la chica que fue su novia, después de pensar un rato lo que le dijo fue:

— ¿Sigues jugando futbol con el mismo equipo?

—Sí claro.

—Y tú ¿qué ha sido de tu vida?

A esta respuesta Marcos supo que sí era ella después de contarle su vida, se llevó una sorpresa porque igual Zuu tenía tres hijos, como si se hubieran puesto de acuerdo para procrear, entre suspiros y emociones se la pasaron platicando más de dos horas, Zuu le conto que después de terminar su relación con Marcos, se dedicó a la música, actualmente tocaba la batería en un grupo de rock, fue emocionante para Marcos, saber que su ex novia le gustaba tocar la batería.

Igual entre buenas noticias le contó malas noticias... todo lo que vivió en esos dieciséis años que Marcos no supo nada de ella. Le platico que le costó mucho olvidarlo pero que al final de cuentas la vida tenía que seguir, solo lo recordaba cuando escuchaba la canción favorita que solían escuchar cuando eran novios. También le confesó que Marcos fue su primer novio, fue entonces cuando Marcos comprendió porque era un tanto tímida y reservada, su inocencia a su corta edad hizo que su relación terminara a pesar de que Marcos igual la quería.

Sin duda no supo tenerle paciencia y cuando apareció Ximena lo deslumbro con su actitud, porque ella era dos años más grande que Zuu y tenía esa chispa encantadora de hacerlo sentir bien cuando estaba con ella.

Después de platicar se despidieron a la vez que intercambiaron números de teléfono para estar más en contacto. Por las tardes y a veces durante el día se mandaban mensajes.

Un día domingo mientras marcos se encontraba en un parque tomando el aire fresco, recordó que Zuu estaría en un evento justo ese día por lo que no dudo en mandarle un mensaje de texto, para saber si podía marcarle. Zuu le dijo que, si podía marcar, porque se encontraba fuera de casa y no tendría problemas en contestar la llamada, Marcos busco el número de teléfono de Zuu y marcó, cuando escuchó aquella tierna voz no lo podía creer. Habían pasado dieciséis años y parecería que el tono de voz de Zuu no había cambiado en nada.

—Sí... —dijo Zuu sosteniendo su teléfono mientras con la otra mano sostenía una botella de agua.

—Que gustó volverte a escuchar tu voz después de dieciséis años.

—¿Sí verdad?, ya pasó mucho tiempo.

—Te escuchas igualita como la última vez que platicamos.

—No cómo crees todo cambia...tú sí te escuchas diferente.

—No sé...hay muchas cosas de que platicar creo que tenemos que vernos.

—Sí me gustaría, nos ponemos de acuerdo y nos vemos. Por ahora me gustaría platicar más contigo, pero ya me están llamando, estoy en un evento.

—No te preocupes platicamos otro día cuídate

Las emociones se desbordaban entre Marcos y Zuu a pesar de que ahora se encontraban a gran distancia y a pesar de que los años ya habían pasado ahora, suspiraban a la distancia.

Los recuerdos los hacían volar al pasado donde eran unos chicos inexpertos, si pudieran volver al pasado cambiarían muchas cosas para ser felices de diferente manera, pero ahora la felicidad cada quien la tenía a su manera y este reencuentro por teléfono era como un regalo de la vida.

Pasaron tres meses platicando solo por redes sociales y mandándose mensaje o a veces llamadas telefónicas, se habían puesto de acuerdo para verse, pero cuando ya faltaba poco para la fecha, Zuu cancelaba la cita, sin duda tenía miedo encontrarse con el chico que una vez amó.

Marcos trató de tener paciencia, lo que importaba es que volvió a ver a la chica que igual amó a su manera. Un día inesperado Marcos escuchó que sonó su teléfono celular, cuando contestó era Zuu la que estaba marcando, le dijo que el fin de semana podía verlo sin falta, sin cancelar la cita, ya estaba decidido verlo y darle un abrazo y platicar en persona para contarse anécdotas vividas después de tantos años.

La cita fue para verse el día sábado a las seis de la tarde en un conocido parque, Marcos se arregló y se encaminó al parque para encontrarse con su amor de juventud, cuando llegó al parque busco una banca y se sentó, tomó su teléfono y se dio cuenta que faltaban cinco para las seis de la tarde.

Mientras pasaban los minutos se limitó a ver los árboles como tratando de controlar sus nervios y emociones, porque sí era muy emocionante encontrarse con la chica que besó y abrazó desde muchos años atrás, dieron las seis con ocho minutos y Zuu no aparecía por ningún lado.

A estas alturas comenzó a imaginar que nuevamente había cancelado la cita, estaba tratando de hilar sus pensamientos cuando sonó el teléfono.

— ¿Dónde estás? —dijo Zuu.

—Estoy sentado a la orilla del parque.

— ¿Y tú dónde estás?

—Voy llegando te veo en el centro del parque

—Sí, está bien.

Cuando Marcos metió su teléfono en el bolsillo de su pantalón, se frotó la nariz y trató de mantener el control emocional, solo pasaron como dos minutos cuando se dio cuenta que una chica de cabello corto color rubio, estaba subiendo los escalones para llegar al parque, vestía blusa de mezclilla y pantalón negro, llevaba una mochila cargando al hombro que sostenía con sus dos manos como igual controlando las emociones.

Cuando Marcos se dio cuenta que era Zuu, se paró de la banca para ir a su encuentro, a lo lejos ambos se vieron y sonrieron, Marcos abrió los brazos como mostrando ganas de abrazarla, Zuu sonrió al mismo tiempo que volteó para una banca donde estaba un chico que simplemente era espectador, cuando se encontraron ambos se abrazaron, y sonriendo se dijeron.

—¡HOLA!

—Estas igualita ¡Zuu!

—No, cómo crees, todo cambia...te imaginas ¡ya pasaron dieciséis años!

—Sí, pero para mí no —dijo Marcos.

—Pues estas un poco gordito

—Creo que tienes razón, y bueno, ¿qué fue de tu vida en todos estos años?

Mientras caminaban platicaron parte de las anécdotas que habían vivido. Cuando llegaron a la cafetería donde quedaron de ir, ordenaron helado de fresa que era favorito de los dos, entre la música de fondo y las pinturas que colgaban de la pared de aquella hermosa cafetería, se la pasaron platicando y cada vez que se miraban a los ojos se abrazaban.

Ambos respetaron a sus parejas que habían dejado en casa, a pesar de que entre ellos hubo mucho amor en el pasado, en esta ocasión lo que quedaba solo era un cariño de amigos. Las sonrisas y los abrazos eran parte de este reencuentro.

Lo que había comenzado en la bella juventud hoy seguía teniendo significado en una juventud madura, porque ambos aparentaban ser muy jóvenes, se habían conservado muy bien. Habían formado a una familia ejemplar ambos con tres hijos, también vivieron sus desamores y sus malas rachas en cuando a relación de pareja se refiere, pero se contaron que supieron estabilizarse emocionalmente por lo que eran realmente felices con sus parejas y sus hijos.

Cuando se despidieron de esta cita después de tantos años sin verse, se abrazaron mutuamente. Mientras se abrazaban de dijeron al oído que este abrazo les hizo falta cuando eran novios, Marcos mientras abrazaba a Zuu, le acarició el cabello y le dijo al oído:

—Creo que todavía te amo. A lo que Zuu contestó:

—No digas eso porque cuando veas a Ximena tal vez le digas lo mismo

—A ella igual la cité, pero no quiso verme, tal vez no me quiso tanto como tú me quisiste.

Bajaron las escaleras para llegar a la calle y se encaminaron para el parque donde se habían encontrado, los pasos, las pláticas y los recuerdos, estaban a tono con las emociones que se arremolinaban desde lo más profundo de su ser.

Los minutos habían trascurrido muy rápido, Zuu tenía que llegar a casa porque su esposo e hijos lo esperaban y Marcos igual tenía que llegar a casa para estar al lado de sus hijos y esposa. Su reencuentro solo fue como para cerrar un ciclo amoroso, les sirvió para decirse lo que en años no se podían decir, porque ninguno de los dos sabía dónde estaban.

Después de que se despidieron, ambos caminaron por aceras opuestas, de la calle que al instante los volvió a separar, pero esta vez era una separación voluntaria, una separación física pero emocionalmente seguirían conectados. Siguieron comunicados por redes sociales y por teléfono, en esta ocasión ya nada los volverá a separar, porque ya están en una época donde la tecnología une a los seres sin importar la distancia. Que si algún día llegaran amarse como antes eso solo el destino y las circunstancias lo sabrán, que, si llegaran a darse un beso y desnudar el alma para amarse mutuamente, eso solo ellos en la intimidad y al son de las estrellas de la noche lo sabrán.

Por lo tanto, esta historia de amor que tuvo un inicio lleno de amor y un desenlace triste, ahora termina con un reencuentro de amistad donde no hay odio, ni rencor, solo cariño y recuerdos que ya han sido sanados por las lágrimas que rodaron en momentos de desahogo emocional.

Marcos y Zuu, cerraron un ciclo de amor. Lo que queda es pura amistad y cariño.

El día seis de enero del 2019 Marcos caminaba por el centro de la ciudad donde vive, llevaba consigo una rosca de día de Reyes, caminaba lentamente cuidando que no pasara cerca de las personas para no partir la rosca por el fluir de la gente.

De pronto vio a un hombre que se le hizo conocido, caminó más lento y vio que era el esposo de Ximena, en años anteriores, después de la boda de Ximena, Marcos intercambió saludo con este hombre por lo que supo que se trataba de él. El esposo de Ximena, lo saludó estrechándole la mano, a lo que ambos respondieron de la misma manera, Ximena caminaba detrás de su esposo, cuando vio a Marcos no dudo en saludarlo diciéndole.

—Hola Marcos.

—Hola Ximena.

— ¿Ahora vendes roscas?

—No, llevo esta rosca para mi casa, pero si gustas te la vendo.

Ambos sonrieron por este comentario que hizo Marcos.

—Llevamos un poco de prisa Marcos, nos dio gustó saludarte.

—Igual me dio gustó saludarte Ximena...por cierto bonita familia.

—Gracias, Marcos igual salúdame a tú familia.

Marcos siguió su camino llevando la rosca en sus manos, la emoción de haber visto a Ximena, la chica de la que se enamoró y no fue correspondido del todo, era sin duda una emoción que retumbaba en lo más profundo de su ser.

Años atrás ya habían cerrado ciclos platicando por redes sociales por su amor que vivieron en el pasado, pero con la diferencia de que con Ximena solo fueron pláticas por mensajes de texto y llamadas telefónicas, Ximena no quiso ver a Marcos a solas y está vez solo fue un saludo y un beso en la mejilla, todo quedo entre suspiros y miradas sutiles. A veces solo con una mirada se puede demostrar todo el amor que se siente, todo lo bonito que fue amar a un ser que ya no está con nosotros. Un amor del pasado que solo queda en lo más profundo de nosotros y se puede conservar con pureza si así se quiere.

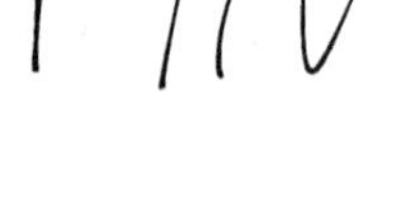

www.ingramcontent.com/pod-product-compliance
Lightning Source LLC
LaVergne TN
LVHW012117170826
845678LV00014BA/2978
9786075956138